学生国学丛书新编

主编 王 宁

顾问 顾德希

黄仲则诗

朱建新 选注

司晓莲 校订

商務印書館
创于1897 The Commercial Press

学生国学丛书新编

主　　编： 王　宁

顾　　问： 顾德希

特约编辑： 凌丽君

审 稿 组： 党怀兴　董婧宸　凌丽君
赵学清　周淑萍　周玉秀

总序之一

——在阅读中走近中华优秀传统文化

王　宁

王云五、朱经农主编的《学生国学丛书》，是一套为中学生和社会普及层面阅读古代典籍所做的文言文选本。它隶属在王云五做总主编的《万有文库》之下，1926年开始陆续由商务印书馆出版。20世纪20年代开始策划时，计划出60种，后来逐渐增补，到1948年据说已经出版了90种；因为没有总目，我们现在搜集到的仅有71种。由于今天弘扬中华优秀传统文化和提高文言文阅读能力的社会需要，我们决定对这套丛书进行适应于现代的加工编辑，将它介绍给今天的读者。

在推介这套丛书的时候，我们保存了原编的主要面貌：选书与选篇基本不变，将原书绪言保留下来，每篇选文原注所选的注点，也作为这次新编的重要参考。这样做是为了尽量借鉴前贤的一些构思和做法，并保留当时文言文阅读水平的基本面貌，作为今天的参考。

《学生国学丛书》是本着商务印书馆“昌明教育，开启民智”的一贯宗旨编选的，阅读群体应当主要是当时的中学生。20年代的中学生阅读文言文的水平显然比今天高一些，因为那时阅读文言文的社会环境与现在不同，虽然白话文已经通行，但书信、公文、教科书和报刊中，都还保留了不少文言文。国文课的师资，很多也是在国学上有一些根柢的文士。在知识界和语文教育界，文言文阅读还不是什么难事。今天，文言文阅读水平既关系到继承和弘扬中华优秀传统文化的效能，又关系到现代社会总体人文素质的提高，应当达到什么程度最为合适？民国时期是可以作为一个基准线的。

《学生国学丛书》体现了20世纪之初一些爱国的出版家和教育家把中华优秀传统文化传承给下一代的情怀、理想和实干精神。他们策划这套丛书的宗旨和编则，可资借鉴的地方很多，他们的实践经验、教育精神和国学学养值得我们学习的地方也很多。这一点，是我们了解了丛书的主编和40多位编选者的情况后感受到的。

丛书的主编王云五、朱经农，都是我国20世纪初爱国、革新的出版家。王云五主编《万有文库》，开创了我国图书出版平民化的新纪元，体现了新文化运动中普及文化教育的先进思想。《学生国学丛书》是《万有文库》里专门为中学生编选的，目的是将弘扬民族文化精华的理念带入初等教育，这在当时不能不说是有远见的。两位主编不论在反对封建帝制的革命中，还是在民族危难的救国图强斗争中，都有可圈可点的事迹，值得钦佩。与两位主编合作的40多位编写者，多是辛亥革命的参与者和新文化运动的前沿人物。他们熟悉古代文典，对中国文化理解通透，领悟深刻，又有强烈的反封建意识；其中很多都在中小学教育领域里有过丰富的实践经验，教过国文，编过教材，研究过教法。这里有我们十分熟悉的教育家和文学家，如我国现代教育特别是语文教育的领军人物叶绍钧（他后来的名字是叶圣陶），新文化运动的先驱者、中国革命文艺的奠基人之一、著名作家茅盾（他当时的名字是沈德鸿，后来为大家熟悉的姓名是沈雁冰）。这两位，多篇作品都被收入中学语文课本，20世纪50年代以后的老师、同学是无人不知的。其他如著作丰厚、名震一时的藏书家胡怀琛，国学根柢深厚、考据功底极深、《中国人名大辞典》《中国古今地名大辞典》的主要编写人臧励龢，我国语文教育的改革家庄适等。

20世纪初的中国社会，多种文化思潮纷纭杂沓：改良主义者提出“师夷制夷”“严祛新旧之名，浑融中外之迹”的折中主张；历史虚无主义者在“全盘西化”的徽帜下将西方的一切甚至文化垃圾照单全收；殖民主义文化论者叫嚣中国道德一律低级粗浅，鼓吹欧洲人生活方式总体文明高超；另一方面，封建复辟野心家的代言人则一味复古，用古代的文化糟粕来抵抗新文化的建构。这些，都对比出爱国的出版家、学问家、教育家既要固本又要创新的理想和实践精神的可贵；也让我们认识了新文化运动及革命文学的前沿人物坚守教育阵地的不懈努力，懂得了他们的编纂意图和深厚学养。保留丛书主要面貌，就是对他们成果的尊重和信任。

随着中华优秀传统文化的广泛传播，随着中小学语文教学改革的深入发展，在读书成为教师、家长和渴求文化的大众普遍要求之时，文言文阅读将会是其中一个重要的内容。有人说，文言只是一种古代的书面语，口语交际和现代文本已经不再使用，我们为什么还要学习文言文呢?在推介这套丛书的时候，我们有必要来回答这个问题。

文言是古代知识分子和正统教育使用的书面语言，具有超越时代、超越方言的特性，因而也同时具有了记载数千年中华民族灿烂文化的主要功能，它是与中华民族文明史共存的。许慎《说文解字叙》说汉字的作用是“前人所以垂后，后人所以识古”，这两句话即是对汉字记录的文言说的。我国历史悠久，文化遗产丰富，用文言记录的历史文献，用文言撰写的文学作品，多到不可计数，只有学习它，才能从古知今，以史为鉴。文言所记录的，不仅是古代社会的典章制度和政治经济，还有先贤哲人的人生经验和思想哲理，让我们看到中华民族一代又一代人的智慧。想想看，如果我们及早领会了古人“斧斤以时入山林”的采伐规则，便不会过度开发建材，造成那么多秃山荒岭，把气候搞得这样糟糕。我们读过也理解了“今之孝者是谓能养。至于犬马，皆能有养。不敬，何以别乎”这段话，就会在对待长者时，把他们的尊严看得和他们的生计同等甚至更加重要！“防民之口甚于防川”“水能载舟亦能覆舟”，这是对阻塞言路者多么深刻的警醒。在道德重建的今天，中国传统道德中“己所不欲勿施于人”的利他主义，“爱民”“富民”“民为重”的民本思想，“以不贪为宝”的清廉品德，“志士不忘在沟壑，勇士不忘丧其元”的大义凛然态度，“吾日三省吾身”的自律精神，“君子怀刑”的守法意识，……这些，即使在今天的一般阅读中，也已经深入人心。可以想见，进入深度阅读后，我们一定会受到更多的启迪，在阅读中产生更多的惊喜。著名的国学大师、革命家和思想家章太炎，1905年7月15日在东京留学生欢迎会上演讲时说：“近来有一种欧化主义的人，总说中国人比西洋人所差甚远，所以自甘暴弃，说中国必定灭亡，黄种必定剿绝。因为他不晓得中国的长处，见得别无可爱，就把爱国爱种的心，一日衰薄一日。若他晓得，我想就是全无心肝的人，那爱国爱种的心，必定风发泉涌，不可遏抑的。”阅读文言文，就是要使我们具有这种文化自信。是的，遗产是有精华也有糟粕的，古代的未必都适合今天；我们只有真正读懂文典，将历史面貌还原，再有了正确的价值观，才能辨析断识，而不是道听途说，更不会受人蛊惑。在这个意义上，文言文阅读作为吸收中华优秀传统文化的必要途径，绝不是可有可无的。

文言文阅读是产生汉语正确语感的一个重要源泉。汉语不是一潭死水，从古到今，不知吸收了多少其他民族的词汇和句法，也曾经夹杂着很多不雅甚至不洁的成分；但是，文言经过数千年的洗涤、锤炼，已经渐渐将切合者融入，不切合者抛弃。经过大浪淘沙、优胜劣汰而能流传至今的美文巨制，会更加显现汉语的特点。而现代汉语刚刚一个世纪，在根柢不深、修养不佳的人们的口语里、文辞中，常常会受外语特别是英语的影响，受不健康的市井俚语的侵染，产出一种杂糅的语言。我们想在运用现代汉语时真正体现出汉语的特点，比如词汇丰富、句短意深、注重韵律、构造灵活等，提高用健康、优美的汉语表达正确、深刻的思想的能力，文言会带给我们一些天然的汉语语感。热爱自己的本国语言，不断提高运用汉字汉语的能力，这是每一个人文化素养中最重要的表现；克服语言西化、杂糅的最好办法，是在学习规范、优美的现代汉语的同时，对文言也有深入的感受和体验。

文言文阅读还是从根本上理解现代汉语的重要条件。人们都认为现代汉语与文言差别很大，初读时甚至感到疏离隔膜、难以逾越。其实，汉语是一种词根语，词汇和语义的传衍非常直接，文言中百分之七十的词汇、词义，在现代汉语的构词法里都能找到。在书面语里，文言单音词的构词能量有时会比口语词更强。经过辗转引用积淀了深厚文化底蕴的典故、成语，成为使用汉语可以撷取的丰富宝库。如果我们对文言一无所知，是很难深入理解现代汉语的。有些人认为，在语文教学中现代文阅读和文言文阅读是两条线，其实，在词汇积累层面上，应该把它们并成一条线。学习文言与学习现代汉语，在积累词汇、理解意义、体验文化、形成语感方面是相辅相成的。

在推介《学生国学丛书》的时候，我们也有另外一重考虑。这套丛书毕竟经过了将近一个世纪，时代和社会都发生了根本的变化，我们有了更加明确的核心价值观和适应于现代的审美意识，语言、文字、文学、文献、教育都有了更新的研究成果，对丛书进行适度的改编，也是绝对必要的。所以，这次新编，我们主要做了五项工作：第一，为了今天在校学生和普通读者阅读的方便，改竖排为横排，标点符号也随之改为现代横排的规范样式。第二，变繁体字为简化字，在繁简转换的过程中，对在文言文语境中有可能产生意义混淆的用字，做了合理的处理。第三，采用今天所见较好的古籍版本对原书的选文进行了审校，订正了文句的错、讹、脱、衍。第四，对原书的注释进行了修改、加工、调整，使注释更加准确、易懂，对地名和名物词的解释，也补充了最新的资料。第五，撰写了新编导言，放在原书绪言的前面。原编者和新编者对同一部书和同一篇文的看法，或所见略同，或相辅相成，或角度各异，或存在分歧，都能促进阅读者的思考和讨论，引发延展性学习，带动更多篇目和整本书的阅读。

《学生国学丛书》本来是一套开放的丛书，我们还会根据教学和读者的需要，补充一些当时没有被选入的优秀古代典籍的选本，使新编的丛书不断丰富。

我国每年有将近两亿的青少年步入基础教育，一个孩子有不止一位家长，这是一个多么庞大的读书群体。将一个世纪以前的《学生国学丛书》通过新编激活，让它走进一个新的时代，更好地发挥它在语文教育和弘扬我国优秀传统文化中的作用，这是我们之所愿，也希望能使编写这套书的前辈们夙愿得偿。

总序之二

——植入健康的文化基因

顾德希

优秀的传统文化是中国人的精神家园。学生多读些国学典籍，将有助于把优秀传统文化的基因植入肌体。王宁老师的“总序”，对本丛书的这一编辑意图已有深入全面的阐释，我打算就如何阅读这套丛书，或者说如何阅读文言文，做些补充性说明。

这套丛书的每一本，都专门写了新编导言。这是今日读者和原书连接的桥梁。人们常把桥梁喻为过河的“方法”，所以也可以说，新编导言之所谓“导”，就是力图为各类学生和更多读者提供一些阅读的方法。

这套丛书有好几十本，都是极有价值又有相当难度的国学经典，如不讲究阅读方法，编辑意图的实现会大打折扣。但这些经典差异性很大，《楚辞》和《庄子》的阅读肯定很不同，《国语》和《周姜词》的阅读方法差别就更大，即使同是词，读《苏辛词》与《周姜词》也不宜用完全相同的方法。因此本丛书新编导言所提供的阅读方法，针对性很强，因书而异。但异中有同，某些共性的方法甚至更为重要。不过，这些共性的方法渗透在每一篇导言中，未必能引起足够重视。下面，我想谈谈文言文阅读的四个具有共性的方法。

一、了解作者和相关背景，了解每本书的概貌，对每本书的阅读都很重要，这毋庸置疑。但一般读者了解这类相关知识，目的仅在于走近这本书。因而涉及作者、背景、概貌等，导言中一般不罗列专业性强的知识，而诉诸比较精要的常识性叙述。比如对《吕氏春秋》作者吕不韦，并没有全面介绍，也没有像过去那样从伦理道德上对这个历史人物加以贬抑，而只侧重叙述了他作为政治家的特点，因为明乎此便很有助于了解《吕氏春秋》。又如《世说新语》的成书背景有其特殊性，也需要了解，但限于篇幅，叙述的浓缩度很大。凡此种种必要的常识，新编导言里一般是点到为止，只要细心些，便不难从中获得多少不等的启发。兴趣浓厚者，查找相关知识也很容易。

二、借助注解疏通文本大意之后，就要反复诵读。某些陌生的词句，更要反复诵读。一句话即使反复诵读二十遍也用不了两三分钟，但这两三分钟却非常重要。

“诵读”是出声音的读，但并不是朗诵。大家所熟悉的现代文朗诵，不完全适用于文言诗文。朗诵往往是读给别人听，诵读却是读给自己听。古人所谓“吟咏”，是适合于当时人自己感悟的一种诵读。今天的诵读，用普通话即可，节奏、抑扬、强弱、缓急，都无客观规定性，可随自己的感受适当处理。如果阅读文言文而忽略了诵读，效果至少打一个对折。不念出声音的默读，是只借助视觉器官去感知；出声音的诵读，是把视觉、听觉都动员起来的感知，其所“感”之强弱不言而喻。而且一旦读出声音，就让声带、口腔等诸多器官的运动参与进来了，凡诉诸运动器官的记忆，最容易长久。会骑车的人，多年不骑，一登上车还是会骑。因为骑车的感觉是一种运动记忆。文言语感的牢固形成与此类似。古人所谓“心到、眼到、口到”之说，实在是高效形成文言语感的极好方法。不管是成篇诵读，片段诵读，还是陌生词句的反复诵读，都是提升文言文阅读能力的好办法。本丛书的每一篇新编导言并未反复强调“诵读”，但各种阅读建议无不与某些片段的反复读相关。既读，就要“诵”，这是文言文阅读的根本方法。

三、应用。这是与文言翻译相对而言的。把文言文阅读的重点放在“翻译”上，副作用很多。一是不可避免信息的丢失。概念意义、情味意蕴，都会丢失。课堂教学中让学生把一篇文言文从头到尾“对号入座”地搞翻译，是文言教学中的无奈之举。一句一句，斤斤计较于文言句法词法和现代汉语的异同，结果学生的诵读时间没有了，刻意去记的往往是别别扭扭的“译文”，而精彩的原文反倒印象模糊，这不是买椟还珠吗！所以，在疏通大意、反复诵读的同时，一定要重视“应用”。应用，就是把某些文言词句直接“拿来”，用在自己的话语当中。比如，在复述大意时，在谈阅读感受理解时，不妨直接援引几句原话。如果能把原文中的某些语句就像说自己的话一样，自然而然地穿插到自己的述说中，那就是极好的应用。本丛书新编导言中援引原作并有所点评、有所串释、有所生发之处很多，但绝不搞对号入座的翻译，这不妨看作文言文阅读方法的一种示范。新编导言中有很多建议，要求结合作品谈个什么问题，探究个什么问题，都不同程度地含有这种“应用”的要求。

四、坚持自学。这套丛书，为学生自学文言文敞开了大门。学生文言文阅读的状况永远会参差不齐。同一个班的高中生，有的已把《资治通鉴》读过一遍，有的能写出相当顺畅的文言文，但也有的却把“过秦论”读成“过奏论”，这是常态。只靠面对几十个人的文言课堂讲授，几乎不可能使之迅速均衡起来。只有积极倡导自主性学习，才可能有效提高教学质量。本丛书的新编导言，高度重视对文言自学的引导。每篇新编导言都就怎样去读提出许多建议。这些建议有难有易，不是要求每一个人全都照着去做。能飞的飞，能跑的跑，快走不了的慢走也很好。新编导言在“导”的问题上，从不同层次上提出不同建议，相信各类学生都能找到适合自己的要求。只要选择适合自己或者自己感兴趣的要求，坚持不懈去“读”，去“用”，文言文的自学一定会出现令人惊喜的成果。从这个意义上说，本丛书的每一本，都是适合于各类读者自学国学经典的好读本。每一本中经过精心处理的注解，是自学的好帮手；而每一篇新编导言，又都可对自学起到切实的引导作用。只要方法对，策略恰当，那么这套丛书肯定能帮助我们有效提高文言文阅读水平。

目前，在深化高中语文课改的大背景下，很多学校高度重视突破过去那种一篇篇细讲课文的单一教学模式，开始重视“任务群”的学习，重视整本书的阅读，重视选修课的开设，重视校本课程的建设。在这样的大背景下，如果学校打算从本丛书中选用几本当作加强国学教育的校本教材，那么“新编导言”对使用这本书的教师来说，也可起到某种“桥梁”作用。

不管用一本什么书来组织学生学习，都必须对学生怎样读这本书有恰当引导。这是提高教学质量的一定不移之理。恰当的引导，要有助于各类学生更好地进入这本书的阅读，要有助于各类学生更好地开展自主性学习，要使之在文本阅读中进行有益的探究，并获得成功的喜悦。为了使新编导言的“导”能起到这样的作用，本丛书专门组织了多位一线优秀教师先期进入阅读，并把成功教学经验融入新编导言。因此，我们有理由相信，新编导言可以成为组织学生学习活动的有益借鉴。导言中结合具体作品对阅读所做的那些启发、引导，针对不同水平读者分层提出的那些建议，都将有助于教师结合自己学生的实际情况进一步拟出付诸实施的具体导学方案。

我相信，只要阅读文言文的方法恰当，只要各类读者从实际情况出发，循序渐进地学，优秀传统文化的基因就一定能更好地植入肌体。

目　录

卷二　七言古

卷三　杂言古

卷四　五言律

卷五 七言律

卷六　五七言绝

新编导言

黄景仁（1749—1783），字仲则，清常州府武进县（今江苏常州市）人，乾隆时期著名诗人。在清代中期诗坛上，黄仲则占有突出的地位，其诗歌风行一时。之所以如此，是因为其诗有别于当时诗坛上大量存在的才人之诗、学人之诗，是以情韵见长的“诗人之诗”。严迪昌在《清诗史》中指出：“诗人之诗的特点在于以情胜。徒以才胜而乏深厚绵邈的情致，势必‘艳之以藻绘之华’而流于轻媚。虽有精思而情不足以托之，唯赖学问语考据学来相济，难免显得枯硬而乏韵致。有其情且有其才，诗方能动人。黄仲则向被视为天才，然其诗之所以超轶时辈，正在于他哀乐过人，情思绵密，触怀抽思，骋情深微。唯其如此而才又足以承托之，故真挚深沉的情思益显澜翻笔底，撼人心弦。”

二十世纪二三十年代，黄仲则的诗歌再次大范围流行。

民国初年的柳亚子、苏曼殊、陈去病等人就很喜欢黄仲则的诗。"五四"之后，瞿秋白、阿英、郁达夫、章衣萍、朱建新、缪钺等人都是黄仲则诗歌的爱好者，或撰写评传，或创作诗文，尤其是郁达夫，还写了一篇小说《采石矶》。这一时期也出版了一些黄仲则的诗集，有1930年北新书局所出章衣萍的《黄仲则评传》，1937年商务印书馆所出朱建新选注的《黄仲则诗》，1937年蒋剑人选、中华书局辑注的《黄仲则诗》。

二十世纪八十年代以来，黄仲则再次受到关注。1983年学术界举行了黄仲则逝世二百周年的纪念活动，其后人黄葆树向常州博物馆捐赠了家藏诗集旧刻书板。上海古籍出版社于1983年出版了《两当轩集》标点整理本，以光绪本为底本，校以咸丰本，收诗1180首，是目前收录黄仲则诗歌最全的本子。1986年上海古籍出版社出版了《黄仲则研究资料》，为研究黄仲则提供了全面的资料。此时也新出版了一些黄仲则诗集，如刘逸生主编、止水选注的《黄仲则诗选》，胡忆肖选注的《黄景仁诗词选》，李圣华选注的《黄景仁诗选》，蔡义江、沈开生、李梦生选注的《黄仲则诗选》。研究黄仲则的论文和专著也非常多，如大陆（内地）与港台地区以黄仲则作为研究对象的学位论文有30多篇，在高校的文学史教材中黄仲则所占笔墨也越来越多，说明学界越来越意识到黄仲则在清诗史上的地位。

王云五、朱经农主编《学生国学丛书》所收的《黄仲则诗》，选注者朱建新选录其诗凡四百首，并加以笺释。选注者选诗时力求能全面反映黄仲则诗歌的特点。从诗歌内容来看，所选皆是能够表达其“行谊情绪”的作品，有描写其穷愁潦倒生活情态的作品，有表现其狂狷性格的感愤诗，也有缠绵悱恻的情诗，即使被前人批为“怨尤”“荡僻”，也一并收入。至于那些附庸风雅、歌颂升平的诗歌，以及其中较少真情寄托，同时又与诗人身世无关的纪游、怀古、酬唱之作，都不在选录之列。从所选诗歌的形式上来看，可以说是诸体皆备，有五言古诗、七言古诗、杂言古诗、五言律诗、七言律诗、五七言绝句，由于其定位为“学生国学丛书”，故黄仲则诗歌中那些故意用艰僻字押韵以炫奇，平仄不依诗体常格加以变化的拗体险韵、生涩无味之作，则不予收录。

读者在阅读本书时，应细心体会黄仲则诗歌“诗人之诗”的特点，感受其诗中哀情和豪气并存的风格和以情动人的审美特征。

如《后观潮行》，诗歌生动描绘了钱塘江万人观潮的盛况，综合运用了铺陈、夸张、比喻、拟人等艺术手法，又吸收了神话传说和想象，形象地描摹出钱江潮汹涌澎湃的气势。但即使是在这样气势磅礴的诗中，诗人的感伤情怀还是显露无遗。“海风卷尽江头叶，沙岸千人万人立”，一开头，诗人用极为简洁的语言，写出海潮即将到来之前风卷落叶的气氛和江岸万人翘首以待的场面，揭开了一场声势浩大的自然景观的序幕。“鹅毛一白尚天际，倾耳已是风霆声”，刚看到一片雪白的鹅毛尚在天边，耳边就已听到风吼雷鸣的声音。而接下来的八句“江流不合几回折，欲折涛头如折铁。一折平添百丈飞，浩浩长空舞晴雪。星驰电激望已遥，江塘十里随低高。此时万户同屏息，想见窗棂齐动摇”，把对海潮的描绘与丰富的想象结合起来，进一步描绘潮水的壮观。潮水的势头锐不可当，要想让潮头曲折，如同折铁那样困难，反而会激起飞腾百丈的浪花，让浩瀚晴空飞舞起洁白的雪花。潮水经过的地方，似流星疾驰，如电光急射，十里江塘高低起伏，千家万户的人们屏住呼吸，连窗格都摇动起来。这段描写中既有实在的感受，又有合理的想象，使汹涌澎湃的海潮可见、可触、可感。紧接着的四句“潮头障天天亦暮，苍茫却望潮来处。前阵才平罗刹矶，后来又没西兴树”，写出潮头接踵而来、前推后拥的情景，加深读者的印象。钱塘江的潮水如此宏伟阔大，本应激发出诗人激昂奔放的情绪，而诗人却因自身境遇的不幸、乡试的不顺，而心情愁苦，在最后八句中对着自己孤独的身影，抒发了怀才不遇的哀叹。

黄仲则的诗歌不仅包含着浓郁的情感，而且具有明显的主情特征。诗人将自己的感情移注到周围的环境事物中，使其沾染上诗人自己的感情色彩。

其山水诗中山水景物往往是诗人个人形象的物化，在游历黄山时所写《天都峰》:“昔游厌培塿，离地苦不高。抱此十年志，乃与兹峰遭。天风卷游袂，群峭争来朝。”“兹峰独峻绝，一力当青霄。”诗人说昔日所游之山都太矮小，实际上是感叹平生所遇之人的平庸，而天都峰孤峰特拔的形象难道不正代表着才气卓绝的诗人吗?

黄仲则与师友的赠酬、唱和、寄怀之作多以真诚的笔触抒写真挚之情。如黄仲则所作的《岁暮怀人》二十章，抒写了诗人在寒冷独居之夜，怀念分散各地的友人，深情厚谊，溢于笔下。

对自己的亲人，黄仲则也是满怀深情。如《得家书悼殇女》诗中“珠从慈母掌中夺，书自山妻病里裁。终傍人家何足恋，暂为而父讵忘哀”，平实的语言中更显出诗人对女儿之殇的悲痛。又如《别老母》一诗描写诗人要外出谋生，在一个风雪交加的夜晚，辞别老母的悲伤。第一句中的“河梁去”，写出了诗人离别亲人、在外漂泊的悲哀。而第二句“白发愁看泪眼枯”紧承上句，通过描写母亲此时的情状：白发苍苍，愁容满面，凄切悲凉，欲哭无泪，写尽白发老母面对儿子远行时的悲伤。而第三句中的“柴门”“风雪夜”，极为概括地传达出诗人生活的贫困，风雪之夜辞别亲人，真是“惨惨”！诗人的悲痛、无奈总结为最后的一句“此时有子不如无”。整首诗用情极深，直白的语言却饱含着诗人对母亲深沉的情感。《别内》诗云：“几回契阔喜生还，人老凄风苦雨间。

今夜别君无一语，但看堂上有衰颜。”“凄风苦雨”写尽生活的艰辛，末了两句写出离别之时不仅不能给妻子安慰，反而要将照顾老母的责任加在妻子身上，全诗满含对妻子的愧疚和怅叹。

黄仲则对人民的疾苦饱怀同情。如《新仆》诗：“新买孤雏瘠不肥，未来先为制寒衣。桀骜野性驯犹苦，嚅嗫方音听总非。尔辈何求惟一饱，主人无奈亦长饥。怜渠骨肉犹人子，讵忍轻施夏楚威？”这个新买的小孩原本饥寒交迫，吃不饱又没有寒衣，但诗人比他也好不到哪里去。对这个孩子，诗人充满同情，虽然他野性难驯，但也不忍责打。又如《骤寒作歌》：“富人一岁独苦暑，窭人四时惟畏凉。渐愁空墙日色暮，豫恐北牖寒宵长。谁将彤云变狐白，无声被遍茅檐客。”由自己的缺少寒衣，想到了所有居住在茅檐下的穷人，诗人希望将云剪裁作狐裘，让天下的穷人都穿上寒衣。

黄仲则的情诗有《感旧》四章、《感旧杂诗》四章和《绮怀》十六章，这些诗采用联章体诗的表现形式，以更长的篇幅将诗人复杂深刻的情感淋漓尽致地表达出来。如《感旧》四章当为黄仲则回忆年少时期与一名女子的恋爱经历。第一章诗描写诗人年少时系马楼边，饮酒作乐，与所爱女子在繁华之处相逢，追忆起当日的旖旎风光，奈何时过境迁，只剩鬓边白发，大有感叹时光流逝、美好不再的心酸。第二章说酒醒后诗人仍不清醒，却不得不离去，今日不禁回忆起那些当日的誓言，目睹那些往日的书信，心情已然平静，自分别后如牛郎织女一水相隔，却再无相会，空自牵念，如今故地重游，回首前尘往事，恍若隔世，诗人在依稀留有恋人香气的旧地百遍徘徊，无法忘情。第三章从对方的角度着眼，说不要一直想念着我，更不要像湘妃哭舜帝一样泪染斑竹。不是我把你当作路人，而是你当初没有与我坚约，现在我只能遥望你的身影如同天际彩云，虽然无限美好，却无法触摸。我的愁苦犹如春水粼粼，漫无边际。即使有百尺珊瑚、千斛明珠也无法再将我换回了，更何况诗人身无分文呢？真是莫大的伤感与悲痛！最后一章写两人分别后音信各无，春山如黛，绿草如烟，诗人只能自艾自怨，徒增怅然，两联连用四个典故，却不凝滞，诗人将自己的身世之感融入诗句，只有这样的真情才能触动人心。这些诗作可以和李商隐的诗歌相媲美，风格极为相近，艺术手法相似，善于通过一些典型的细节描写充分展示人物的内心世界。但黄仲则扬弃了晚唐五代的绮艳诗风，舍弃那些浓艳的辞藻，用明白晓畅的语言抒写真挚的情怀。同时也继承了李商隐诗歌典丽精工的特点，用典多却不生硬，频次高又不会使人厌烦。如《感旧》四章七言律诗，三十二句中，有十三句或直用或暗用典故，而且其中的典故很多也曾在李商隐的诗句中使用过。如“讵有青鸟缄别句，聊将锦瑟记流年”，这两联就化用了李商隐《无题》诗“蓬山此去无多路，青鸟殷勤为探看”、《锦瑟》诗“锦瑟无端五十弦，一弦一柱思华年”之诗意。“丹青旧誓相如札”化用李商隐《寄令狐郎中》诗中“休问梁园旧宾客，茂陵秋雨病相如”之诗句，这些诗句取自义山诗又能融化无痕，使自己的诗作典雅流畅，清丽自然，形成独具面貌的风格特色。

原书绪言

黄仲则，名景仁，字汉镛，武进诸生。生于清乾隆十四年己巳（一七四九），卒于乾隆四十八年癸卯（一七八三），年三十有五。其事迹见于前人著录者，有洪亮吉《国子监生武英殿书签官候选县丞黄君行状》，左辅《黄县丞状》，王昶《黄仲则墓志铭》，《武进县志文学传》，汪启淑《鹿菲子小传》，吴兰修《黄仲则小传》，及毛庆善、季锡畴《黄仲则先生年谱》。大致不出洪《状》之所述，惟汪《传》少有异闻耳。时人黄逸之新著《黄仲则年谱》，颇采仲则交游之诗文、书简、笔记、杂录、诗话中语，视旧谱略有增益。以上各篇，记述甚备，余不复赘。

其诗，惊才绝艳，名噪一时。包世臣《齐民四术》谓："乾隆六十年间论诗者推为第一。"张维屏《诗人征略》以为："夫是之谓天才，夫是之谓仙才，自古一代无几人；近求之百余年以来，其惟黄仲则乎！”吴兰雪《石溪舫诗话》则曰：“海内诗人，能从古人出，而不为古人所囿者，藏园（按即蒋士铨）而外，必推仲则第一。”其为人所推重如此。至其渊源造诣，已为前人所言者，洪《状》谓其初效汉魏乐府，继学太白，“见者以为谪仙人复出也。后始稍稍变其体，为王、李、高、岑，为宋元祐诸君子，又为杨诚斋。卒其所诣，与青莲最近。”又王昶《墓铭》曰：“至其为诗，上自汉魏，下逮唐宋，无弗效者。疏瀹灵腑，出精入能，刻琢沉挚，不以蹈袭剽窃为能。”潘瑛《诗萃》曰：“其诗自汉魏六朝下逮唐宋，咸能采撷精英，自成杼柚。而七古神奇变化，独近青莲。观其《太白墓》诗有云‘吾所师者非公谁’，可以知所本矣。”《诗人征略》曰：“仲则天分极高，无所不学，亦无所不能。至下笔时，要皆任其天之自然，称其心所欲出，乾坤清气，独往独来，此仲则之所以不可及也。”又如翁方纲《悔存诗钞序》曰：“凌厉奇矫，不主故常。”王昶《湖海诗传》小序曰：“激昂排奡，不主故常。”其于评断之外，皆极致其倾倒之意。其为人所推重，又可知已。

至于瑰词壮彩，奇思妙句，感荡心灵，而为人所爱诵者，则如洪亮吉《北江诗话》曰：“黄二尹久客都中，寥落不偶，时见之于诗。如所云：‘千金无马骨，十丈有车尘。’又云：‘名心淡似幽州日，骨相寒禁易水风。’可以感其高才不遇，孤客酸辛之况矣。”又曰：“黄二尹景仁诗‘太白高高天尺五，宝刀明月共辉光'，'独立市桥人不识，一星如月看多时'，豪语也。'全家都在风声里，九月衣裳未翦裁'，'足如可析似劳薪'，苦语也。'似此星辰非昨夜，为谁风露立中宵'，'买得我拌珠十斛，赚来谁费豆三升'，隽语也。"孙星衍《诗评》曰："仲则《圈虎行》为七古绝技。'似张虎威实媚人'，奇句精思，似奇实正。"郭麐《灵芬馆诗话》曰："黄仲则诗，佳者夥矣。随园最称其前后《观潮》之作；杨荔裳爱诵其'似此星辰非昨夜，为谁风露立中宵'之句；金仲莲爱诵其'全家都在秋风里，九月衣裳未翦裁'之句；余最赏其'茫茫来日愁如海，寄语羲和快着鞭'，真古之伤心人语也。"总之，仲则之诗，缠绵悱恻，哀感顽艳，真足以摄召魂梦，震荡心灵，如《北江诗话》所评："如咽露秋虫，舞风病鹤。"吴蔚光《两当轩诗钞序》所评："如霁晓孤吹，如霜夜闻钟。"《湖海诗传》小序所评："不啻哀猿之叫月，独雁之啼霜。"左辅《黄县丞状》所评："灵气幽光，窈渺无极。"无怪毕沅读其《都门秋思》诗徘徊半夜，不惜千金之赠也。见陆继辂《春芹录》及庄敏案语。

此前人评述之语，虽未读其诗，已足知其精气之长存矣。顾其生也："家贫孤露，时复抱病。"邵齐焘《劝学一首赠黄生汉镛》序中语。"憔悴支离，沦于丞倅。"毕沅《吴会英才集》小序中语。《京尘杂录》甚至谓仲则居京师时，"落落寡合，……日惟从伶人乞食。时或竟于红氍毹上现种种身说法。粉墨淋漓，登场歌哭，谑浪笑傲，旁若无人。……才人失意，遂至逾闲荡检”。而包世臣《齐民四术》亦云：“仲则先生性豪宕，不拘小节。既博通载籍，慨然有用世之志，而见时流龌龊猥琐，辄使酒恣声色，讥笑讪侮，一发于诗。”读此，则《杂录》所记，或非无据。而侘傺之况，亦可以知矣。总其一生，从学龙城书院主讲邵齐焘于常州，谒观察使王太岳于湖南，依太平知府沈业富、学使朱筠于安徽，受业都察院左副都御史王昶于京师，客学使程世淳于山东，访巡抚毕沅于陕西，莫不见重，爱礼终始。而当时名流才俊，如袁枚、蒋士铨、邵晋涵、翁方纲、程晋芳、冯敏昌、洪亮吉、赵怀玉、孙星衍、杨芳灿、陈宋赋、左辅、龚怡、汪中等，皆不仅与仲则有一日之雅，甚或深金兰之契，然而卒无益于仲则之饥寒驱迫，不永其年，客死解州，真可悲也！

其遗诗，洪亮吉所为行状，称“篇幅完善者至二千首”，今所传才及其半，即坊本《两当轩集》是也。然翁方纲《悔存诗钞序》谓“运使沈公钞寄其诗来”，亦“仅千首”。吴修《两当轩诗集序》谓：“识君（仲则）之子小仲，得读君手定诗稿千一百篇。……《行状》称篇幅完善者二千首，殆非手自删存者耳。”则仲则手定以外之一千首，不知早落何许矣。今惟于前人著录之中，略见片词只语，非集中所有者，如汪启淑《鹿菲子小传》云：“九岁应学使者试，寓江阴小楼，临期犹蒙被卧。同试者趣之起，曰：‘顷得“江头一夜雨，楼上五更寒”

句，欲足成之，毋相扰也。’”孙星衍《诗评》云：“严道甫赋未央宫云：‘曾共金波丽鸡鹊，不随梦雨化鸳鸯。’为时所称。不知本仲则‘曾共朝霞映金爵，不随夜雨飘鸳鸯’二语也。”《吴会英才集》小序云：“人传其《过平遥绝句》云：‘疑是晋卿灵未泯，九原风雨逐人来。’词虽警绝，信为诗谶。”以上断句，皆不存于集中。又有他人和章，见于其集，而仲则原唱集中反不存者，如邵齐焘《玉芝堂诗集》有《和汉镛（即仲则）〈对镜行〉》，而仲则集中无之。亦有他人赠诗，言仲则有和章，而仲则集中不存者，《玉芝堂文集》有《送黄生往徽州诗序》，谓“汉镛既得余诗，即集尽次其韵”，而仲则集中亦无之也。按诗为五律四章，见《玉芝堂诗集》。此不过略举一例，其他仲则交游之中，当更不乏篇章可考也。

其诗集刻本，有乾隆五十年毕沅之《吴会英才集》，嘉庆元年刘大观刻之翁方纲选《悔存诗钞》八卷，嘉庆八年王昶之《湖海诗传》，以上皆选本也。至其全稿，则有嘉庆四年赵希璜刻之《两当轩诗钞》十四卷，道光四年吴修刻、十五年蒋光煦续成之《两当轩诗集》十六卷，道光十三年许玉彬等刻之《两当轩诗钞》十四卷，咸丰八年仲则孙志述所刻之《两当轩全集》二十二卷，及光绪二年志述之室吴夫人重刻之《两当轩集》二十二卷。其中十七、十八、十九三卷为词，二十卷为遗文，二十一、二十二两卷为补遗。起癸未，终癸卯，凡二十年，录古近体诗一千一百七十首，即今之坊本是也。

余今选录其诗凡四百首，加以笺释，而略述其诗之大概如上。至选注之体，则别详凡例，此不赘。

朱建新

一九三六年七月

卷一　五言古

杂咏二十章录四

小鸟有比翼[①]，双飞愁天寒。朝衔榑桑[②]枝，暮巢琪树[③]端。劳生[④]岂不惜，幸有相与欢。长天渺征路，中道逢哀鸾。关山引孤啸，毛羽自摧残。文采亦已高，谁与相盘桓。阳冈有梧实[⑤]，努力加朝餐。

① 比翼，《尔雅》："南方有比翼鸟焉，不比不飞，其名谓之鹣鹣。"

② 榑桑，亦作"扶桑"，神木，日所出也。见《说文》。

③ 琪树，《六朝事迹》："宝林寺有琪树，在法堂前，即《本草》之南天烛。"唐李绅《琪树》诗序："琪树垂条如弱柳，结子如碧珠，三年子可一熟，每岁生者相续。一年绿，二年碧，三年者红。"

④ 劳生，《庄子·大宗师》："大块载我以形，劳我以生。"

⑤ 梧实，本《庄子·秋水》："夫鹓雏发于南海而飞于北海，非梧桐不止，非练实不食，非醴泉不饮。"注："鹓雏，鸾凤之属也。"

生年三五时，瑶华[1]比光彩。万事匪所忧，此景若常在。既见故者非，旋见新者改。未觉少壮过，只增前日悔。所悔行乐迟，精役形乃殆。不知何事劳，但若有所待。贱躯一何眇，前后各千载。

皎皎明月光，延缘上空林。幽堂悄然白，仿佛来素心。素心日以隔，萧景日以逼。薄帏生虚寒，梦醒如在侧。揽衣起彷徨，横涕下沾席。寸心常不移，可以照颜色。

中夜理瑶瑟，未理百忧结。欲弹旧时声，中曲变呜咽。手爪非不同，芳华有时竭。丝桐尔何知，应我心中节。挥谢不复调，徒使肝肠绝。

明州客夜怀味辛稚存却寄[2]

别来甫及旬，离思已如积。海角多飘风，入夜

---

① 瑶华，玉之美者。白行简《沽美玉赋》："露瑶华之炯尔，就朝市而沽之。"

② 《年谱》："（乾隆）三十四年己丑，先生二十一岁，春游杭州、徽州，夏游扬州，秋归里，冬谒湖南按察使王公太岳，客其幕中。"是诗作于途次。味辛，即赵怀玉，字亿孙，号映川，武进（今江苏常州市）人，乾隆庚子召试举人，官青州府同知。稚存，即洪亮吉，原名莲，又名礼吉，号梦殊，又号对岩，阳湖（今江苏常州市）人，乾隆庚戌进士及第，官编修。并见《先友爵里名字考》。

更凛冽。鱼龙一以啸，涛声震空壁。冻鼓惨欲沉，寒檠短将没。何来万感交，扰此寸肠裂。念我同袍[①]人，按铗[②]起叹息。悲欢共情愫，来往溯晨夕。各抱百年忧，念我更恻恻。苦语犹在耳，形影倏[③]以隔。岂曰轻远游，欲已不可得。

春夜杂咏并序　十四章录四

寓斋幽阒，于月为宜。深宵无寐，触绪成咏。既感身客，复伤春暮。章句稍积，偶自编次之；不复点窜，聊破岑寂云尔。

开尊绿阴下，晚景渐飘忽。薄霭收斜晖，余光让初月。望望碧天远，稍稍愁思发。停尊无一言，伫看新弦没。[④]

轻阴积孤馆，枕簟流微凉。浮云静中过，露气缘宵长。卷帘忽有得，草木同一香。爱之久延伫，

① 同袍，《诗·秦风·无衣》："岂曰无衣，与子同袍。"甘苦相共之意。

② 铗，剑把，这里指剑。

③ 倏，迅疾。《楚辞·少司命》："倏而来兮忽而逝。"

④ 原注："初三夜独饮。"

余湿沾衣裳。[①]

客居畏清夜，无月更孤悄。微寒逗疏棂，浓阴起幽筱。烟重野钟歇，窗深夜灯小。灯光逐游鱼，时时响深沼。[②]

背手巡空垣，皓皓忽堆素。合睫晖余凝，低头影相步。惊禽时一翻，檐花落无数。微微辨游丝，袅袅入深树。[③]

鹦鹉洲[④]

朝发汉阳[⑤]郭，言访鹦鹉洲。沙浮草萋碧[⑥]，中有万古愁。我昔悲正平[⑦]，怀刺无所投[⑧]。继复愧正平，随地成羁留。依人而嫚骂，若与性命仇。惜不

---

① 原注："初四夜微雨，寻霁。"

② 原注："初八夜月不甚皎，已而无月。"

③ 原注："十一夜。"

④ 鹦鹉洲，地名，在今湖北武汉市武昌区西长江中。黄祖为江夏太守，大会宾客，有献鹦鹉者，使祢衡作赋，因以名洲。

⑤ 汉阳，县名，属湖北，即今武汉市汉阳区、蔡甸区地。与武昌对峙。

⑥ 草萋碧，唐崔颢《黄鹤楼》诗："芳草萋萋鹦鹉洲。"

⑦ 正平，祢衡字。

⑧ 刺，今之名片。衡怀刺三年不投。

死奸操，深计为所售。[①]士生处乱世，无才匪深忧。竖子[②]亦已矣，俯仰悲千秋。

春日和容甫[③]

昔我之出矣，春山噪寒禽。东风一飘荡，春色窈以深。今朝眺原野，烟景何沉沉。繁葩曜初旭，密树参高岑。绚烂亦云极，但觉意萧森。遵渚缅故径，攀条思旧林。讵惜岁华促，难为游子心。

和容甫三章

三五读书策，结怀嵇阮[④]俦。生身苦非时，不得同遨游。横几览《禹贡》[⑤]，灵产郁九州[⑥]。邂逅岂

---

① 嫚骂……深计，曹操召祢衡为鼓吏，使服鼓吏之衣，欲以辱之。衡直前更衣裸立。孔融劝衡趋谢，衡阳诺之，又造操门大骂，操怒其狂傲，谓孔融曰："祢衡竖子，孤杀之犹雀鼠耳。顾此人素有虚名，远近将谓孤不能容之。"乃送与刘表，表又以侮慢，因黄祖性急，乃送衡与之。卒被杀。

② 竖子，《晋书·阮籍传》载阮籍登广武而叹曰："时无英雄，使竖子成名！"

③ 容甫，汪中，字思复，江都（今江苏扬州市）人，拔贡生。

④ 嵇阮谓嵇康、阮籍。

⑤ 禹贡，《尚书》篇名。禹制九州贡法，而详其山川道里之远近，物产之所宜，故曰《禹贡》。

⑥ 九州，《禹贡》九州，曰兖、冀、青、徐、豫、荆、扬、雍、梁。此为夏制。殷周不同。

不识，索处谁相谋。驱车涉伊洛[①]，仗剑干王侯。纷华敢驰慕，邱垤不满眸。风禽[②]愧短翮，出谷徒啁啾。乃知天下士，定在风尘收。衔吁返征驾，矫望立路周。长此求友心，六合[③]何悠悠。

《大雅》[④]久沦没，巍然见时英。作述千载上，死灰起芒精[⑤]。气吐相感激，长揖如生平。谁令黄钟[⑥]节，掩以瓦釜鸣。相乐反相泣，出涕何纵横。十千置斗酒[⑦]，不惜为君倾。高筵列华烛，美女调繁筝。挥手不能顾，悦耳非新声。藉无师涓[⑧]奏，何以移我情。

---

① 伊洛，两水名，在河南。《书·禹贡》："伊洛瀍涧，既入于河。"按此指京师言。

② 风禽，《陈书·徐陵传》："日乌流灾，风禽骋暴。"

③ 六合，天地四方谓之六合。

④ 大雅，《诗·大序》："雅者，正也，言王政之所由废兴也。政有小大，故有《小雅》焉，有《大雅》焉。"又班固《西都赋》"大雅宏达，于兹为群"，亦以指道义博学之人。

⑤ 死灰，冷灰。熄灭之意。《庄子·齐物论》："心固可使如死灰乎？"芒，光芒。《史记·天官书》："作作有芒。"

⑥ 黄钟，十二律之一。《楚辞·卜居》："黄钟毁弃，瓦釜雷鸣。"

⑦ 十千斗酒，曹植《名都篇》："归来宴平乐，美酒斗十千。"

⑧ 师涓，春秋卫之乐师。《史记·乐书》载卫灵公至濮水，闻鼓琴声，乃召师涓听而写之。

云中见祥凤，百鸟无文章。炎洲[①]产嘉桂，百草为不香。修辞富华实，秉操逾圭璋。翻使一国中，抚掌嗤其狂。悲心入秋夜，菀邑[②]思飞扬。终朝逐尘鞅[③]，踥踥[④]趋路旁。众中独我亲，亦知我心伤。两小皆失怙[⑤]，哀乐颇相当。贫贱易为感，况复齐孤芳。盛时忽晻冉，逝矣摧肝肠。

江上寄左二杏庄[⑥]二章

江流日归海，客心常与东。神游越枝外，目断吴云中。激荡水石响，凄晦草木风。渺躯乏丰羽，辗转逐惊蓬。一别西蠡道[⑦]，五过馆娃宫[⑧]。繁华不足悼，逝景何匆匆。幸有涧栖约，还悲川岭重。蕙荣

① 炎洲，中国神话中的地名，在南海中。见《海内十洲记》。
② 菀邑，同“郁悒”，忧闷。
③ 鞅，马头革，所以负轭者。
④ 踥踥，竞进貌。
⑤ 失怙，谓无父。《诗·小雅·蓼莪》：“无父何怙，无母何恃。”
⑥ 左二，名辅，字维衎，号杏庄，又号云在，阳湖（今江苏常州市）人，乾隆癸丑进士，官至湖南巡抚。
⑦ 西蠡道，未详。或指蠡湖。蠡湖，在江苏无锡市西南郊。先生家武进（今江苏常州市），相近也。
⑧ 馆娃宫，在江苏苏州市西南灵岩山上。吴王夫差馆西施之地。

倘不歇，迟我春山空。

遭回[1]达长夜，欢宴时耿耿。层城匪超越，广陌交驰骋。挥觞送白日，流连逐光景。修轩俯河梁，落月度帆影。翦烛未及短，别离甫在顷。林猿向晨悲，露鹤入宵警。寸襟隔千里，端忧各延颈。长此空中书，泪下如縻绠。

书馆即事

骤雨飒然过，天青薄阳出。澹澹空墙阴，晖晖远林没。客序侵朱明[2]，寒飙尚萧瑟。蕉心怯凉卷，桐叶净阴密。草馨悦羁魂，水气明暗室。地偏阒无人，长歌时抱膝。俯仰变晨暮，开阖从书帙。岂不怀飞腾，倘来[3]事难必。

---

① 遭回，行难貌。《楚辞·九叹》："下江湘以邅回。"又邅，转也。《楚辞·九叹》："邅彼南道兮，以征夫宵行。"

② 朱明，《尔雅》："夏为朱明。"

③ 倘来，言无意得之。《庄子·缮性》："轩冕在身，非性命也。物之傥来，寄者也。"《新唐书·纪王慎传》："荣宠贵盛，傥来物也。"傥，同"倘"。

杂诗二章

众煦欲漂山，聚蚊亦成雷。[①]寸心一犹豫，不复全瑰奇[②]。行乐居要津[③]，乃受前贤欺。扰扰百年尽，歌钟生暮哀。缅哉苏李交，闵勖当生离。[④]斯人不可作，俯仰使心悲。

流俗徇耳食[⑤]，真赏难可遇。闻声或相思[⑥]，日进反不御。叩门况拙辞[⑦]，望气已无豫[⑧]。遂使怀奇人，

① 《汉书·中山靖王胜传》："众煦漂山，聚蚊成雷。"煦谓煦沫，吹气。

② 瑰奇，奇本作"琦"，犹言奇伟。宋玉《对楚王问》："夫圣人瑰意琦行。"

③ 行乐居要津，本《古诗十九首》："生年不满百，常怀千岁忧。昼短苦夜长，何不秉烛游？为乐当及时，何能待来兹？愚者爱惜费，但为后世嗤。仙人王子乔，难可与等期。"又："人生寄一世，奄忽若飙尘。何不策高足，先据要路津？无为守穷贱，轗轲长苦辛。"

④ 苏李，谓苏武、李陵。闵，同"悯"。苏武诗："愿君崇令德，随时爱景光。"李陵诗："努力崇明德，皓首以为期。"所谓"闵勖当生离"也。

⑤ 耳食，得诸传闻而遂信之曰耳食。《史记·六国年表序》："此与以耳食无异。"

⑥ 闻声或相思，《鬼谷子》："遥闻声而相思。"

⑦ 叩门况拙辞，陶渊明《乞食》诗："饥来驱我去，不知竟何之。行行至斯里，叩门拙言辞。"

⑧ 豫，悦乐。《孟子·公孙丑下》："夫子若有不豫色然。"

进退失所据。骏马嘶交衢，三日无一顾。归来服盐车[1]，努力待迟暮。

秋兴并序　二章录一

昔潘黄门以三十二见二毛，为赋《秋兴》。[2]余则二十有三耳[3]，临风揽鉴，已复种种[4]，早凋如此，其何以堪！且念人之以白头盖棺者，十不得一，而余已先见此也！有慨于怀，率尔成咏，藻词莫托，感均期一，和之云尔。

严飙一何疾，劲草心不忧。[5]白发本至公，不上

---

① 盐车，《战国策·楚策四》："骥之齿至矣，服盐车而上太行，蹄申膝折，尾湛胕溃，漉汁洒地，白汗交流，中阪迁延，负辕而不能上。"喻贤才屈于贱役。贾谊《吊屈原文》"骥垂两耳服盐车兮"，正用此事。

② 潘黄门，晋潘岳，字安仁，中牟（今属河南）人。任著作郎，转散骑侍郎，累官至给事黄门侍郎，人称潘黄门。潘有《秋兴赋》。二毛，谓发斑白。

③ 按《年谱》，乾隆三十六年辛卯，先生二十三岁。

④ 种种，发短貌。

⑤ 严飙劲草，《东观汉记·王霸传》："疾风知劲草。"

松期[①]头。蓬壶[②]一水隔，大药[③]知难求。奈何处一世，俯仰同累囚[④]。未识生人乐，行将成土邱。回风荡四壁，日影何倏倏[⑤]。恨随孤篷发，思逐纤尘流。嗟余未闻道，何能齐短修[⑥]。征衰[⑦]非一端，泪下不可收。

春暮

江南三月雨，零此千花色。啼鹃劝人归，啼莺复留客。归既不得归，留亦安可留。闲云及江水，浩荡相与愁。春风吹百草，草深没行路。草青客南州，草枯在何处？人生尽如寄，不如沙上禽。更听隔溪管，能伤日暮心。

---

① 松期，谓赤松子、安期生，皆古之学道养生者。

② 蓬壶，谓蓬莱。见《拾遗记》。

③ 大药，谓不死之药。

④ 累囚，俘虏。《左传·成公三年》："两释累囚。"

⑤ 倏倏，疾貌。

⑥ 齐短修，短修指寿命的短长，齐短修是指把寿命的短长看成一样，即《庄子·齐物论》"一死生，齐彭殇"之意。

⑦ 征衰，衰弱之征验。

写怀示友人

宝马不恋粟，男儿重横行。如何二三子，各为辕下鸣[①]。短短白日影，共此万古情。江流不能尽，付以深杯倾。词赋夺天巧，读之人不惊。时复仰空廓，屹立何峥嵘。咫尺天路隔，缥渺望玉京。侧闻云中君[②]，假我云车[③]轻。腾上无所怀，回首惜令名。且揖海上客，笑傲为生平。

春城

春城久阴雨，欣见白日轮。照我叹羁寂，更照东西邻。东家娶新妇，开筵罗众宾。烹臛香彻舍，喧笑夜达晨。西家屋颓破，中有新死人。床头老妪哭，哭子声酸辛。共此日光里，哀乐胡不均？无情感过客，侧耳继慨呻。触欢叹无怿，闻戚幸有身。

① 《史记·魏其武安侯列传》："局趣效辕下驹。"喻束缚不能施展。句意本此。

② 云中君，云神丰隆。《楚辞·九歌》有《云中君》篇。

③ 云车，神人以云为车。卢照邻《于时春也慨然有江湖之思寄赠柳九陇》诗："云车电作鞭。"

俄顷众虑集，首念依闾[①]亲。有子常若无，不得相对贫。孤灯耿白发，茹苦何能伸。亦有蓬头妻，抱病卧积薪。自为我家妇，甑釜常生尘[②]。门户持女手，何以能支振。一身尚乞食，所遇犹邅迍。言念忽及此，滂沱涕盈巾。若语东西家，哀乐稍可匀。更欲起相告，事运多相因。啼笑互乘伏，迎送如轮巡。所见尽逆旅，何者堪为真？

忆昔篇和赵味辛

朝吟《忆昔篇》，忆昔惨行客。天旋海水运，六螭[③]无停策。但闻古来人，言言悲在昔。所过已异时，所阅已陈迹。暮吟《忆昔篇》，达旦长叹吁。居者念在行，行者不得居。夜梦入飞谷，冰炭[④]同

---

① 依闾，依，倚；闾，里门。形容母亲盼望子女归来的殷切心情。《战国策·齐策六》："(王孙贾)母曰：'女朝出而晚来，则吾倚门而望；女暮出而不还，则吾倚闾而望。'"

② 甑釜生尘，《后汉书·范冉传》载范冉为莱芜长，遭党祸，穷居自若，闾里歌之曰："甑中生尘范史云，釜中生鱼范莱芜。"

③ 六螭，即言六龙。《易·乾卦》："时乘六龙以御天。"

④ 冰炭，言不能相容。《盐铁论·刺复》："冰炭不同器，日月不并明。"

一炉。何由一丸泥，换此五色珠。漫漫事长宴，不闻晨啼乌。乌啼东方曙，徘徊眷长路。人非鹿豕群，那得长欢聚。秋霜畏兰摧，岁寒愁桂蠹。仰视若木光，周天几颓注。吟吟《忆昔篇》，忆昔知君心。云间落鸾啸，海上闻风琴。出山念小草[①]，出谷怜幽禽[②]。广以及时乐[③]，勉以惜寸阴[④]。岂惟感在昔，流眷乃及今。忆昔复忆昔，百年不盈瞬。岂有金如山，能铸镜中鬓。且回鲁阳戈[⑤]，且挽姬满骏[⑥]。阊阖[⑦]转眼开，排闼望君进。倘念蒿莱人，更枉霞间讯。

---

① 小草，远志一名小草。《世说新语·排调》："处则为远志，出则为小草。"

② 出谷，《诗·小雅·伐木》："出自幽谷，迁于乔木。"梁昭明太子《姑洗三月》："啼莺出谷，争传求友之音。"幽禽，谓啼莺。

③ 及时乐，《古诗十九首》："为乐当及时，何能待来兹？"

④ 惜寸阴，《淮南子·原道训》："圣人不贵尺之璧，而重寸之阴。"《晋书·陶侃传》载晋陶侃尝语人曰："大禹圣者，乃惜寸阴；至于众人，当惜分阴。"

⑤ 鲁阳戈，《淮南子·览冥训》："鲁阳公与韩构难，战酣日暮，援戈而㧑之，日为之反三舍。"

⑥ 姬满骏，谢惠连《雪赋》："岐昌发咏于来思，姬满申歌于黄竹。"按周穆王名满，姓姬。有八骏，日行万里。见《穆天子传》。

⑦ 阊阖，天门。《楚辞·离骚》："吾令帝阍开关兮，倚阊阖而望予。"

长风沙行[①]

朝望长风沙，夕望长风沙。郎书前日到，早晚下三巴[②]。巴歌[③]易肠断，汉女娇如花。郎挟千金赀，何如早还家。去时明月珠，团团入郎手。郎归向郎索，犹在怀中否？浔阳下湓浦[④]，湓浦多风潮。将毋听商妇[⑤]，夜夜鸣檀槽[⑥]。江狶舞斯风[⑦]，焦明[⑧]集斯雨。

---

① 长风沙行，李白《长干行》："相迎不道远，直至长风沙。"本诗出此。

② 三巴，《华阳国志》："（刘）璋乃改永宁为巴郡，以固陵为巴东，徙（庞）羲为巴西太守，是为三巴。"李白《长干行》："早晚下三巴，预将书报家。"

③ 巴歌，《水经注》载巴东歌曰："巴东三峡巫峡长，猿鸣三声泪沾裳。"

④ 浔阳，在江西九江市北。湓浦，又称湓水、湓江，即今江西九江市西龙开河。白居易作《琵琶行》于此。

⑤ 商妇，白居易《琵琶行序》："元和十年，予左迁九江郡司马。明年秋，送客湓浦口，闻舟中夜弹琵琶者，听其音，铮铮然有京都声。问其人，本长安倡女，尝学琵琶于穆、曹二善才，年长色衰，委身为贾人妇。遂命酒，使快弹数曲。曲罢悯然，自叙少小时欢乐事，今漂沦憔悴，转徙于江湖间。"

⑥ 檀槽，檀木所为之琵琶槽。

⑦ 狶，同"豨"。刘基《送姚伯渊之清溪河泊所任》诗："吾观大江之中有壮鱼，名曰海狶头如猪。群行九十其朋徒，喷沫成雨，倏欻盲风俱。"

⑧ 焦明，《乐叶图征》："焦明，长喙，疏翼，圆尾，身义，戴信，婴仁，膺智，负礼。至则水之感也。"《说文》："五方神鸟也，东方发明，南方焦明。"

郎行惯水程，不用妾传语。低头拜石尤[①]，无为阻归舟。归舟望不见，日月风沙愁。郎言虽反覆，凝盼常如此。昨梦芙蓉花，飘零落江水。

车中口占

上车多睡魔，轮喧心更寂。清景纷相迎，好句倏难觅。旋得亦旋忘，云烟付生灭。转念林泉佳，应有幽人宅。对面或相违，而况阻朝夕。长吟《招隐篇》[②]，谁识车中客？

杂咏二章

海客有逐臭[③]，梦人或忘妻[④]。单虑溺一往，岂伊

---

① 石尤，谓逆风。相传石氏女嫁尤郎。尤远商不归，妻忆之病。临亡，叹曰："吾恨不能阻其行，以至于此。今凡有商旅远行，吾当起大风为天下妇人阻之。"自后船值打头逆风，则曰："此石尤风也。"遂止不行。见《江湖纪闻》。

② 《楚辞》有淮南小山《招隐士》篇，言山中不可以久居。晋陆机、左思有《招隐诗》，则言隐居之乐。二意相反，本篇当指后者。

③ 逐臭，《吕氏春秋·遇合》："人有大臭者，其亲戚兄弟妻妾知识，无能与居者，自苦而居海上。海上人有说其臭者，昼夜随之而弗能去。"

④ 忘妻，《孔子家语·贤君》："哀公问于孔子曰：'寡人闻忘之甚者，徙而忘其妻，有诸？'"

智不齐。蓄积偶违众，群起相诃诋。谁知一世事，各各行若迷。化人斡真宰，无力能提撕。作法笑姬旦[①]，多言小宣尼[②]。积穷有难喻，况乃形气睽[③]。惟当托庄诞[④]，俯仰同醯鸡[⑤]。

陈平未豹变[⑥]，乃在委巷居。贫贱不相救，安用长者车[⑦]。恬退匪所甘，落拓计益疏。藉非时命济，咫尺填沟渠。赍志遂没地[⑧]，史笔何胜书。谁与负物色[⑨]，

① 姬旦，谓周公。作法，言其创立制度。

② 宣尼，谓孔子。多言，言其称述六经。

③ 睽，乖异。

④ 庄诞，谓庄子之诞妄，指其书之寓言。

⑤ 醯鸡，《庄子·田子方》：“（孔子）曰：‘丘之于道也，其犹醯鸡与！’”郭象注：“醯鸡，瓮中之蠛蠓也。”

⑥ 陈平，汉阳武（今河南原阳县）人。少家贫，好读书，美如冠玉。事高祖，屡出奇策，封曲逆侯。惠帝时为左丞相，后与周勃共诛诸吕，刘氏赖以复存。豹变，《易·革卦》：“君子豹变，小人革面。”注：“居变之终，变道已成。君子处之，能成其文。”又扬子《法言》：“狸变则豹，豹变则虎。”后称自贫贱而显达曰豹变。

⑦ 长者车，《史记·陈丞相世家》：“家乃负郭穷巷，以弊席为门，然门外多有长者车辙。”

⑧ 赍志，言持志未遂。江淹《恨赋》：“赍志没地，长怀无已。”

⑨ 物色，《后汉书·严光传》：“帝思其贤，乃令以物色访之。”注：“以其形貌求之。”

果在风尘初。买臣傲妻子[①]，斯理堪杀躯。圣论贵素位[②]，大贤有卷舒[③]。不见张仲蔚[④]，蒿莱深闭庐。

响山潭

一舟摇醉眠，梦醒橹声响。洞窗见长崖，峭立森如掌。颓光影澄流，凝碧随滉瀁。人言响山潭，呼之应成两。三呼而三应，高下随所饷。大声既隆隆，小语亦朗朗。昔诧石镜[⑤]奇，须眉了然仿。兹能效无形，乃真绝言想。喧绝人籁[⑥]兼，鸣叩道心

---

① 朱买臣，汉会稽吴（今江苏苏州市）人。家贫，好读书，常卖薪自给，且行且读。妻羞之，求去。挽之不听，去适农夫。后买臣出为会稽太守，入吴，见故妻与夫治道，买臣呼后车载之归舍，置园中，妻惭忿自经死。

② 素位，《礼·中庸》："君子素其位而行。"

③ 卷舒，束皙《读书赋》："优游蕴藉，亦卷亦舒。"

④ 未详。校订者按：晋皇甫谧《高士传》卷中《张仲蔚》："张仲蔚者，平陵人也，与同郡魏景卿俱修道德，隐身不仕。明天官博物，善属文，好诗赋。常居穷素，所处蓬蒿没人，闭门养性，不治荣名，时人莫识，唯刘龚知之。"此处用典，感叹满腹诗书，仍不免做蓬蒿人，过贫贱生活。

⑤ 石镜，山名，在浙江杭州市临安区南。有石在山之东峰，其光如镜。钱镠少时游此，照其形，服冕旒如王者状。唐昭宗封镠越王，改山名为衣锦山。见《太平寰宇记》及《吴兴记》。

⑥ 人籁，人口所出之音响。《庄子·齐物论》："人籁则比竹是已。"比竹，笛。

长。逌然发鸾吟，韵与连山往。十年走尘中，高唱无人赏。得此为同声①，苦心殊未枉。

何事不可为二章咏史

何事不可为，必欲为人子②。异地附瓜葛③，他山托乔梓④。乃知腥膻所，万物任驱指。蜾蠃⑤多微虫，黎丘⑥足奇鬼。东海一逐臭⑦，西江⑧讵湔耻。甘心谓

---

① 同声，《易·乾卦》："同声相应。"

② 此指世之拜义父认义子也。

③ 瓜葛，皆引蔓之植物，故谓世交亲戚辗转相系属者曰瓜葛。

④ 乔梓，谓父子。乔，通"桥"。二木名。伯禽、康叔见周公，三见而三笞。商子曰：南山之阳，有木名桥；北山之阴，有木名梓。二子往观，桥高而仰，梓卑而俯。反以告商子。曰：桥，父道也；梓，子道也。见《尚书大传》。

⑤ 蜾蠃，古人谓蜾蠃养螟蛉以为己子，后世因以螟蛉为养子之称。《诗·小雅·小宛》："螟蛉有子，蜾蠃负之。"笺："蒲卢取桑虫之子，负持而去，煦妪养之以成其子。"按蜾蠃亦名蒲卢，为蜂之一种，取小虫以饲其子，古人疑为即养以为子，因沿误也。见程瑶田《释虫小记》。

⑥ 黎丘，地名，在今河南虞城县北。《太平寰宇记》"梁地黎丘有奇鬼，善敩人"，即此。

⑦ 逐臭，见前《杂咏》第一章注。

⑧ 西江，谓大江。《新五代史·王仁裕传》："其少也，尝梦剖其肠胃，以西江水涤之。"

人父，生者良已矣。所苦泉下人，他鬼夺烝祀[①]。依然见斯流，被金而佩紫[②]。更有呼父人，相步后尘起。父人复人父，谁非竟谁是？

何事不可为，必欲呼人师[③]。观其用心处，岂在道义为？昌黎作《师说》[④]，哓哓费繁词。谁知矫枉[⑤]甚，流弊为今兹。后堂列女乐[⑥]，前庑陈牛衣[⑦]。位置虽不一，市道[⑧]均无疑。桃李[⑨]本春卉，向暖固所

---

① 烝祀，谓祭祀。陆机《辩亡论》："扫清宗祊，烝禋皇祖。"禋，同"祀"。

② 金紫，谓金印紫绶。秦汉惟丞相为然。后用为阀阈之通称。韩偓《与吴子华侍郎同年玉堂同直怀恩叙恳因成长句四韵兼呈诸同年》诗："金紫雍容富贵身。"

③ 此指世之拜老师认门生也。

④ 昌黎，谓韩愈。愈作《师说》，大意谓世人不知尊师，并以为无可师者。不知圣人无常师，孔子曰"三人行，必有吾师"，道之所在，即师之所在。

⑤ 矫枉，《南史·王琨传》："时咸谓矫枉过正。"

⑥ 后堂列女乐，《后汉书·马融传》："(融)常坐高堂，施绛纱帐，前授生徒，后列女乐。"

⑦ 牛衣，《汉书·王章传》："初，章为诸生学长安，独与妻居。章疾病，无被，卧牛衣中。"注："牛衣，编乱麻为之。"

⑧ 市道，言如市井交易之道，重利而忘义。《史记·廉颇蔺相如列传》："天下以市道交，君有势，我则从君，君无势则去。"

⑨ 桃李，喻门生。《资治通鉴》载唐狄仁杰荐姚崇等数十人，率为名臣。或谓仁杰曰："天下桃李，悉在公门矣。"

宜。窃恐白日光，难遍倾阳[①]枝。今朝罗雀[②]处，昨日横经[③]时。聚散在转瞬，今我长叹咨。萧萧子云[④]室，寂寂康成[⑤]居。茅茨且休翦，抱经聊自怡。

桂贞曲为潘兰坨[⑥]赋

桂枝中抱辛，较甚莲心苦。剖作琵琶槽[⑦]，切切能私语[⑧]。不比红豆枝，只按相思谱。[⑨]过客倾耳听，

---

① 倾阳，谓如向日葵之向阳。曹植《求通亲亲表》："若葵藿之倾叶，太阳虽不为之回光，然终向之者，诚也。"

② 罗雀，《史记·汲郑列传》："下邽翟公有言，始翟公为廷尉，宾客阗门；及废，门外可设雀罗。翟公复为廷尉，宾客欲往，翟公乃大署其门曰：'一死一生，乃知交情。一贫一富，乃知交态。一贵一贱，交情乃见。'"

③ 横经，谢承《后汉书》："董春立精舍，远方门徒，从者常数百人。诸生每升讲堂，鸣鼓三通，横经捧手，请问者百人，追随上堂难问者百余人。"

④ 子云，扬雄字。雄多识古文奇字，时有好事者，载酒往问之。

⑤ 康成，郑玄字。玄博通诸经，杜门教授，弟子自远方至者数千人。

⑥ 潘兰坨，名庭筠，钱塘（今浙江杭州市）人。乾隆戊戌进士，官至御史。

⑦ 槽，附于琵琶之上端以架弦者。

⑧ 切切私语，白居易《琵琶行》："大弦嘈嘈如急雨，小弦切切如私语。"

⑨ 红豆相思，王维《红豆》诗："红豆生南国，春来发几枝？愿君多采撷，此物最相思。"

繁丝激凄楚。曲终人马喧，此别成千古。窅窅墓门风，霏霏陌头雨。攀树迷故柯，寻声何处所？时见杨柳花，弥漫扑空舞。

赠陈秋士[①]

吾侪一聚散，造物巧揄弄[②]。君昔游燕初，河梁[③]一相送。辗转三年间，合此离襟缝。我今客作家，君犹作乡梦。相依若性命，相爱俨伯仲。我识君苦浅，君视我殊众。连床烛一枝，入市辔双控。欢意与淡俱，交情为贫重。前衢溢华骢，后巷飞丝鞚。置身尘热区[④]，心兵[⑤]按不动。君性更简夷，谈言每微中[⑥]。能于广座中，一语寂群哄。风致菊艳霜，诗境梅破冻。莲思火地开[⑦]，兰拟幽谷种。何物可

---

① 陈秋士，名宋赋，号菊人，武进（今江苏常州市）人。官湖北知县。是诗作于乾隆四十二年丁酉，先生时客都中。

② 揄弄，犹言揶揄播弄。

③ 河梁，李陵《与苏武诗》："携手上河梁，游子暮何之？"

④ 尘热区，指燕京。

⑤ 心兵，范成大《睡觉》诗："心兵休为一蚊动。"谓心之感物而动，如对敌人。

⑥ 谈言微中，《史记·滑稽列传》："谈言微中，亦可以解纷。"

⑦ 莲开火地，佛经有青莲涌于火中之语。

赠君，《骚》香[①]为君诵。更感拜母[②]情，助以菽水[③]供。投布识范寒[④]，分金补颜空[⑤]。相对茅檐中，酣歌时击瓮。为乐曾几时，小别得毋恫。胶漆[⑥]虽不离，蛩距[⑦]孰为共。各曰有亲养，岂免为人用。君得贤主人，群籍互穿综。[⑧]得渌乃泛蕖[⑨]，非高讵栖凤[⑩]。

---

① 骚香，言如《离骚》之芬芳。

② 拜母，《三国志·吴书·周瑜传》："坚子策与瑜同年，独相友善。瑜推道献宅以舍策，升堂拜母，有无通共。"

③ 菽水，《礼·檀弓下》："啜菽饮水，尽其欢，斯之谓孝。"菽，豆。

④ 范寒，《史记·范雎列传》载范雎微行，敝衣见须贾，贾惊曰："范叔一寒至此哉！"乃取一绨袍以赐之。

⑤ 分金，《史记·管仲列传》："管仲曰：'吾始困时，尝与鲍叔贾，分财利多自与，鲍叔不以我为贪，知我贫也。'"颜空，《论语·先进》："子曰：'回也其庶乎，屡空。'"

⑥ 胶漆，《后汉书·独行列传》载雷义与陈重友善，时人为之语曰："胶漆自谓坚，不如雷与陈。"

⑦ 蛩距，同"蛩駏"。韩愈《醉留东野》诗："愿得终始如駏蛩。"注："《孔丛子》北方有兽名蟨，食得甘草，必啮以遗蛩蛩、駏虚。二兽见人来，必负蟨以走。"按《尔雅》作"邛邛岠虚"，谓之比肩兽。

⑧ 原注："时为四库总校杨懋珩延校官书。"

⑨ 得渌泛蕖，齐庾杲之，字景行，为王俭长史。萧缅与俭书曰："盛府元僚，实难其选。庾景行泛渌水，依芙蓉，何其丽也！"时人以入俭府为莲花池，故缅书美之。见《南史·庾杲之传》。蕖，即芙蕖，亦名芙蓉，皆莲花之别称。

⑩ 栖凤，《后汉书·仇览传》："枳棘非鸾凤所栖，百里岂大贤之路？"

所幸我辈交，不贵屡过从。聚非青蝇集[①]，散异市儿哄。脱闲命驾来，相期恕疏纵。

车中杂诗[②] 二章录一

天寒行旅稀，语闻浣花老[③]。我见殊不然，劳人多草草[④]。前车接后车，鱼贯[⑤]争古道。行色或辉煌，形容半枯槁。是各有室家，亦岂无翁媪。置酒亦足娱，塞墐[⑥]讵不早。而必冲寒行，风霰犯昏晓。我亦厕其间，躯比一粟渺[⑦]。何意号寒虫[⑧]，转作流

---

① 青蝇集，《诗·小雅·青蝇》："营营青蝇，止于樊。"又元稹与监军崔潭峻善，上在东宫，闻宫人诵稹歌词而善之。及即位，潭峻归朝荐之，上以为知制诰，朝论鄙之。会同僚食瓜于阁下，有青蝇集其上，武儒衡以扇挥之曰："适从何来，遽集于此！"同僚皆失色，儒衡意气自若。

② 是诗作于乾隆四十五年庚子冬由济南入都道中。

③ 浣花老，谓杜甫。杜甫故宅在四川成都市西郊浣花溪畔，故有是称。

④ 草草，劳心。《诗·小雅·巷伯》："劳人草草。"

⑤ 鱼贯，言相续而进，如鱼之一贯。《三国志·魏书·邓艾传》："将士皆攀木缘崖，鱼贯而进。"

⑥ 塞墐，《诗·豳风·七月》："塞向墐户。"谓涂塞孔隙。

⑦ 一粟渺，苏轼《前赤壁赋》："寄蜉蝣于天地，渺沧海之一粟。"

⑧ 号寒虫，《辍耕录》："五台山有鸟名寒号虫，四足，有肉翅，不能飞。其粪即五灵脂。当盛暑时，文采绚烂，乃自鸣曰：'凤凰不如我。'比至深冬严寒之际，毛羽脱落，索然如鷇雏，遂自鸣曰：'得过且过。'"

离[①]鸟。一贫能驱人，环顾忧心悄。

初夏命仆刈阶草

梅雨穿老屋，柱础苔气湿。绕砌生茅茨，丛杂碍履靸。吾性复散懒，历乱畏整葺。嗒焉一室中，拥书百不及。纸窗无完棂，风雨乘窦入。飞蚊聚茶铛，盲蛾污银蜡。蓄怒已多时，欲御无一法。因念幽馆中，胡来此丛集。逐丑穷根株，探穴在眉睫。深草没人髀，乃为众污纳。晨伏宵则行，纷纷伺我急。斯时我亦震，狂呼事锄锸。理直声自扬，巢得掩宜捷。用杀匪我残，藏垢实汝执。遑顾池鱼[②]悲，不计城狐泣。[③]凭依既无存，乌散岂能合。粪除在栏槛，轩爽到几榻。我昔念汝辈[④]，皆戴雨露立。生意

① 流离，枭之别名。《诗·邶风·旄丘》："流离之子。"疏："陆玑云：'流离，枭也。自关西谓枭为流离。'"按诗意穷困而转徙之谓也。

② 池鱼，古谚："城门失火，殃及池鱼。"

③ 城狐，《晋书·谢鲲传》："及敦将为逆，谓鲲曰：'刘隗奸邪，将危社稷。吾欲除君侧之恶，匡主济时，何如？'对曰：'隗诚始祸，然城狐社鼠也。'"言欲掘狐恐坏城，欲薰鼠恐灼社，故取以为喻。池鱼城狐，指草间之蚊蛾。

④ 汝辈，指阶草。

或不殊，安用积威慑。蔓滋渐难图[①]，族匪欲我狎。隐忍汝不知，斧斤我岂乏。所以下流[②]耻，君子慎交接。三叹悟物情，沉吟自相答。

山房夜雨

山鬼[③]带雨啼，饥鼯背灯立。推窗见孤竹，如人向我揖。静听千岩松，风声苦于泣。

夏夜独步有怀山中友人

夕露滴欲明，幽鸟啼更歇。迢迢孤馆空，澹澹银河没。为忆山窗人，坐见中峰月。

---

① 《左传·隐公元年》："蔓，难图也。"

② 下流，《论语·子张》："是以君子恶居下流，天下之恶皆归焉。"

③ 山鬼，《史记·秦始皇本纪》："山鬼固不过知一岁事也。"《楚辞·九歌》有《山鬼》篇。

卷二　七言古

观潮行

客有不乐游广陵[①]，卧看八月秋涛兴。伟哉造物此巨观，海水直挟心飞腾。瀴溟[②]万万夙未届，对此茫茫八埏[③]隘。才见银山动地来，已将赤岸浮天外。砰岩磓岳万穴号，雌呿雄吟六节摇[④]。

① 广陵，郡名，本汉广陵国，后汉改郡。故城在今江苏扬州市城区东北。枚乘《七发》："将以八月之望，与诸侯远方交游兄弟，并往观涛乎广陵之曲江。"

② 瀴溟，犹绝远杳冥。《文选》木华《海赋》："经途瀴溟。"

③ 八埏，司马相如《封禅文》："上畅九垓，下溯八埏。"埏，边际。

④ 呿，张口貌。《庄子·秋水》："公孙龙口呿而不合。"六节，古以立春、立夏、立秋、立冬及二分、二至为八节。六节疑八节之讹。按六节，意谓天地。

岂其乾坤果吁吸，乃与晦朔为盈消[①]。殷天[②]怒为排山入，转眼西追日轮及。一信将无渤澥空[③]，再来或恐鸿濛[④]湿。唱歌踏浪输吴侬[⑤]，曾赍何物邀海童[⑥]？答言三千水犀弩[⑦]，至今犹敢撄其锋。我思此语等儿戏，员[⑧]也通灵实南避。只合回头撼越山，那因抉目仇吴地[⑨]。吴颠越蹶曾几时，前胥后

---

① 朔望日月两吸力相合，潮最大；上下弦日月两吸力互消，潮最小。故曰"与晦朔为盈消"。

② 殷，yǐn，雷发声。《诗·召南·殷其雷》："殷其雷。"殷天，谓如雷声之上激于天。

③ 信，再宿为信。《诗·周颂·有客》："有客信信。"渤澥，即渤海。司马相如《子虚赋》："浮渤澥。"

④ 鸿濛，赵、吴、许作"鸿蒙"。按《庄子·在宥》："云将东游，过扶摇之枝，而适遭鸿蒙。"注："自然元气也。"

⑤ 吴侬，苏轼《临江仙》词："语音犹自带吴侬。"因吴人谓人为侬也。

⑥ 曾赍何物邀海童，按《文选·海赋》"海童邀路"注引《吴歌》："仙人赍持何等，前谒海童。"句本此。又注："海童，海神也。"

⑦ 吴越王钱镠筑捍海塘，怒潮急湍，版筑不就。镠乃造竹箭三千只，羽簇备具，于叠雪楼命水犀军架强弩五百以射潮，潮头东趋西陵，遂定其基，以铁絙贯幢用石键之而塘成。见钱载《十国词笺略》。

⑧ 员，谓伍员。《吴越春秋》载子胥伏剑死，吴王弃其躯，投之江中。子胥因随流扬波，依潮来往，荡激崩岸。子胥，伍员字。

⑨ 抉目，伍子胥谏吴王夫差，不许越和。夫差不听。太宰嚭谗之。夫差使使赐子胥属镂之剑。子胥告其舍人曰："抉吾眼县吴东门之上，以观越寇之入灭吴也。"夫差闻之，大怒，取子胥尸，盛以鸱夷革，浮之江。后九年，越灭吴。见《史记·伍子胥列传》。

种[1]谁见知？潮生潮落自终古，我欲停杯一问之。

后观潮行

海风卷尽江头叶，沙岸千人万人立。怪底山川忽变容，又报天边海潮入。鸥飞艇乱行云停，江亦作势如相迎。鹅毛一白尚天际，倾耳已是风霆声。江流不合几回折，欲折涛头如折铁。一折平添百丈飞，浩浩长空舞晴雪。星驰电激望已遥，江塘十里随低高。此时万户同屏息，想见窗棂齐动摇。潮头障天天亦暮，苍茫却望潮来处。前阵才平罗刹[2]矶，后来又没西兴[3]树。独客吊影行自愁，大地与

① 前胥后种，胥即伍子胥。种谓文种，越之谋臣，与范蠡同事越王勾践。勾践灭吴，种谋为多。功成，范蠡劝之去，不听，被杀。

② 罗刹，即浙江。以其风波险恶，故名。见《清一统志》。校订者按：清姚礼撰辑《杭州稀见文献辑刊·郭西小志》记载："薛居正《旧五代史》云：镠在杭州垂四十年，穷奢极贵，钱唐江旧日海潮逼州城，镠大庀工徒凿石填江，又平江中罗刹石，悉起台榭，广郡郭周三十里，邑屋之繁会，江山之雕丽，实江南之胜概也。是钱唐江之名罗刹江，列因罗刹石而名也。"唐罗隐《钱塘江潮》诗："怒声汹汹势悠悠，罗刹江边地欲浮。"

③ 西兴，在浙江杭州市萧山区西，本名西陵，为吴越通津。见《清一统志》。

身同一浮。乘槎未许到星阙[①]，采药何年傍祖洲[②]。赋罢《观潮》长太息，我尚输潮归即得。回首重城鼓角哀，半空纯作鱼龙色。

焦节妇行

雄鸡齐唤霜满天，看郎刀裹肩上肩[③]。里胥[④]促发似豺虎，语声未毕行尘[⑤]前。茕茕[⑥]为君守乡里，妾身虽生不如死。床头有儿呱呱声，此时欲死还宜生。翠钿罗襦一时卸，转托邻翁向街卖。郎行慎勿忧家中，妾身可碎妾不嫁。生当努力青海

---

① 乘槎星阙，《荆楚岁时记》："张骞使大夏寻河源，乘槎经月而去。至一处，见城郭如官府，室内有一女织，又见一丈夫牵牛饮河。骞问曰：'此是何处？'答曰：'可问严君平。'织女取搘机石与骞而还。后至蜀问君平，君平曰：'某年月日，客星犯牛女。'所得搘机石为东方朔所识。"

② 祖洲，《海内十洲记》："东海祖洲上有不死之草，生琼田中，或名为养神芝。"

③ 肩上肩，上"肩"字，名词；下"肩"字，动词，担负。

④ 里胥，谓保正。

⑤ 行尘，江淹《别赋》："见行尘之时起。"

⑥ 茕茕，孤苦之意。《诗·小雅·正月》："忧心茕茕，念我无禄。"《汉书·匡衡传》："《诗》云'茕茕在疚'，言成王丧毕思慕，意气未能平也。"李密《陈情表》："茕茕孑立。"

头，死当瞑目黄泉下。等闲一度十九秋，儿成学贾事远游。妾存已似枝上露，郎在亦白天边头。五更城头吹觱篥[①]，黑云如轮月如漆。荧荧一点青缸寒，蟋蟀在户鬼在室。忽然四面来血腥，举头瞥见神魂惊。一人手提髑髅[②]立，遍体血污难分明。汝近前来妾不惧，果是郎归定何据。一风暗来飘血衣，去日曾穿此衣去。郎归妾已知，但怪来何迟。床头一灯灭，梁上长绳垂。昔闻瀚海[③]风沙一万里，郎兮几时飞度此？妾死尚欲随郎行，看郎白骨沙场里。

醉歌行别伍三[④]

星荧荧，月皦皦。漏声将残客行少，有客仓皇窜荒草。十年仗剑都亭[⑤]行，鼓刀贱者知姓名。仰天酒尽各万里，蓦地相逢服华紫。悲来欷吁，浮云

---

① 觱篥，bìlì，乐器。本出龟兹，后传入中原，以芦管为之。

② 髑髅，dúlóu，死人首。《庄子・至乐》："庄子之楚，见空髑髅。"

③ 瀚海，沙漠，又称戈壁。

④ 伍三，名宇澄，字既庭，阳湖（今江苏常州市）人。见《先友爵里名字考》。

⑤ 都亭，都城之亭。《后汉书・张纲传》："埋其车轮于洛阳都亭。"

四徂。挥手且去，各为长图。浮云何萧萧，川陆何悠悠。白杨着霜古陇头，嗷嗷[①]飞雁悲其俦。呜呼！昨日不知今日雨，居者不识行者苦。天寒日暮君莫留，他日相逢与君语。

衡山高和赵味辛送余之湖南即以留别[②]

衡山高，湘水深，我为此别难为心。君知我行不得意，为我翻作《衡山吟》。《衡山吟》，声渐苦，凄断湘弦冷湘浦。女萝山鬼[③]风萧萧，七泽[④]欲冻鼋鼍嗥。下见苍梧[⑤]万里之大野，上有祝融碍日之高标[⑥]。

① 嗷嗷，众声嘈杂。《诗·小雅·鸿雁》："鸿雁于飞，哀鸣嗷嗷。"

② 赵味辛，名怀玉，字亿孙，号映川，武进（今江苏常州市）人。乾隆庚子召试举人，官青州府同知。见《先友爵里名字考》。按《年谱》，先生于乾隆三十四年己丑冬，谒湖南按察使王公太岳，客其幕中。

③ 女萝，《楚辞·九歌·山鬼》："若有人兮山之阿，被薜荔兮带女萝。"山鬼，《楚辞·九歌》有《山鬼》篇。

④ 七泽，司马相如《子虚赋》："臣闻楚有七泽，尝见其一，未睹其余也。臣之所见，盖特其小者耳，名曰云梦。"

⑤ 苍梧，山名，亦曰九疑，在今湖南宁远县南。《史记·五帝本纪》："（舜）崩于苍梧之野。"

⑥ 祝融，祝融峰在湖南衡阳市南岳区西北，七十二峰之最高者。高标，高枝。李白《蜀道难》："上有六龙回日之高标，下有冲波逆折之回川。"

鱼龙广乐[①]不复作，雁飞欲堕哀嗷嗷。渔父拏舟入烟水，屈原行吟[②]意未已。千古骚人且如此，我辈升沉偶然耳。《衡山》之吟吟且停，此曲凄绝难为听。我亦不吊湘夫人[③]，我亦不悲楚灵均[④]。只将此曲操入水云去，自写牢落招羁魂。前途但恨少君共，谁与醉倒金庭春[⑤]。春来沅芷[⑥]倘堪折，手把一枝归赠君。

---

① 鱼龙，谓戏术。《汉书·西域传赞》："作《巴俞》都卢、海中《砀极》、漫衍鱼龙、角抵之戏，以观视之。"注："鱼龙者，为舍利之兽，先戏于庭极，毕乃入殿前激水，化成比目鱼，跳跃漱水，作雾障日，毕，化成黄龙八丈，出水敖戏于庭，炫耀日光。"广乐，赵简子疾，不知人。既寤，曰："我之帝所甚乐，与百神游于钧天，广乐九奏万舞，不类三代之乐，其声动人心。"见《史记·赵世家》。

② 屈原行吟，《楚辞·渔父》："屈原既放，游于江潭，行吟泽畔，颜色憔悴，形容枯槁。"

③ 湘夫人，《楚辞·九歌》有《湘夫人》篇。《楚辞补注》："王逸以为湘君者，自其水神，而谓湘夫人，乃二妃也。……以余考之，璞与王逸俱失也。尧之长女娥皇，为舜正妃，故曰君。其二女女英，自宜降曰夫人也。"相传舜崩苍梧，二妃追至，哭帝极哀，泪染于竹。

④ 灵均，屈原字。《楚辞·离骚》："名余曰正则兮，字余曰灵均。"

⑤ 金庭，《真诰》："桐柏山高万八千丈，金庭有不死之乡，在桐柏中。"按桐柏山，在河南，非实指也。或谓金庭春，酒名。

⑥ 沅，水名，即湖南沅江，发源于贵州，流至湖南入洞庭湖。芷，香草。《楚辞·九歌·湘夫人》："沅有芷兮澧有兰，思公子兮未敢言。"

病愈作歌

淦江[①]一夜大风雪，病热忽减身知寒。晓闻饭香腹殷吼，生气自怪来无端。同舟估客喜相贺，长年[②]柁工心始宽。我曾大小数十病，虽脱鬼手生则残。有如老将身经百余战，遍体刻画皆疮瘢。重经战处始长叹，孤军弱垒心茫然。我思冥中亦岂厌狂客，几度得遣吟魂还。或者天意忌作达[③]，坎壈[④]始识为人难。否则山灵水怪夜深哭，畏我幽僻工雕剜[⑤]。明知无益聚为祟，汝曹再至真无颜。我歌至此哑然笑，呼藤强立行蹒跚。推篷急欲看日影，风前独倚愁孤孱。呜呼！病而得愈且休叹，但恨失却半月船头山。

---

① 淦江，源出今江西樟树市，经紫淦山流入赣江。按此诗，作于湘游途中。

② 长年，《入蜀记》："问何谓长年三老？云梢工是也。"

③ 作达，放诞之意。《世说新语·任诞》："阮浑长成，风气韵度似父，亦欲作达。步兵曰：'仲容已预之，卿不得复尔。'"

④ 坎壈，不得志。《楚辞·九辩》："坎壈兮贫士，失职而志不平。"

⑤ 雕剜，谓文辞雕琢。

洞庭行赠别王大归包山[①]

洞庭一泻八百里，浮云贴天天浸水。君山一点碍眼青，却似今日酒酣别君之块垒。问君来何为？欲浮湘沅窥九疑[②]。问君去，何以为？怯蛟龙，畏山鬼。送君洞庭水，言归洞庭山。洞庭之山具区[③]里，八九云梦[④]吞其间。山名水名一而已，吴楚间关[⑤]几千里。谁知地道巴陵[⑥]中，金庭玉柱[⑦]遥相通。吾侪俗骨不能到，但看长风巨浪心忡忡。楚人肯道七泽

---

① 原注："太湖亦名洞庭。而太湖之包山，暨洞庭之君山，皆有洞庭之名。"按左思《吴都赋》"集洞庭而淹留"，注："洞庭即太湖也。"太湖亦名洞庭，本此。《先友爵里名字考》："王蔚如，吴县人。"又注："集中标题曰《赠别王大归包山》，曰《陇头行赠王大》。案《湖海诗传》有王世锦，吴县人，官嘉峪关巡检。名字之义，所官所处之地皆合，疑即是人。"

② 九疑，山名，在湖南宁远县南。《水经注》："（九疑山）罗岩九举，各导一溪。岫壑负阻，异岭同势。游者疑焉，故曰九疑山。"

③ 具区，湖名，即太湖。《尔雅》："吴越之间有具区。"

④ 云梦，泽名。本二泽，云在江北，梦在江南，方八九百里。司马相如《子虚赋》谓楚有七泽，其一曰云梦。

⑤ 间关，状道路悠阻。

⑥ 巴陵，今湖南岳阳市。《文选》郭璞《江赋》："爰有包山洞庭，巴陵地道，潜逵傍通，幽岫窈窕。"

⑦ 金庭玉柱，山峰名，按非实指。

小[①]，吴侬但夸具区好。橙黄橘绿鲈脍鲜[②]，我怪君行犹未早。与君同时客殊方，看君独归心自伤。蛮烟瘴雨土卑湿，留我寄命于兹乡。但得相逢似人[③]喜，此日天涯可知矣。安能郁郁久居此，明日扁舟亦东耳。[④]前途待我烟波中，急棹来追子皮子[⑤]。

中秋夜游秦淮[⑥]归城南作

城南好酒如春泉，醉塌酒家楼下眠。醒来露重葛衣冷，正见皓月当中天。呼僮起步六街去，香尘宝毂清溪[⑦]边。玉箫《子夜》声未歇，雏姬十五歌

---

① 七泽小，见前《衡山高和赵味辛送余之湖南即以留别》注。

② 橙黄橘绿，苏轼《赠刘景文》诗："一年好景君须记，最是橙黄橘绿时。"鲈脍鲜，晋张翰因秋风起，思吴中菰菜、莼羹、鲈鱼脍，乃弃官归。见《晋书·张翰传》。按以上并指秋季。

③ 似人，《庄子·徐无鬼》："子不闻夫越之流人乎？去国数日，见其所知而喜；去国旬月，见其所尝见于国中者喜；及期年也，见似人者而喜矣。不亦去人滋久，思人滋深乎？"

④ 郁郁，亦东，《史记·淮阴侯列传》："吾亦欲东耳，安能郁郁久居此乎？"

⑤ 子皮子，《史记·越王勾践世家》："范蠡浮海出齐，变姓名，自谓鸱夷子皮。"

⑥ 秦淮，水名，源出江苏南京市溧水区，西北流贯南京市区，又西北入长江。

⑦ 清溪，即指秦淮。

可怜。此时据鞍我亦乐，顾影不觉犹少年。惜哉花月只空度，春江回首愁如烟。去年此夜人初别，今岁今宵已成忆。怀人中酒自年年，此时愁煞天涯客。桃叶渡，莫愁湖，[①]昔日佳丽今有无？残金剩粉吊不尽，徘徊漏下啼城乌。啼乌哑哑天将晓，走马却出长干[②]道。到此惟余万古愁，荒荒月落高城小。

屠清渠[③]丈过饮醉后作山水幅见遗

先生一笑如河清[④]，醉后往往一见之。即今不饮持大盏，已觉春气盈须眉。平生胸中富丘壑[⑤]，意象

---

① 桃叶渡，《古今乐录》载晋王献之爱妾名桃叶，其妹曰桃根。献之尝临渡歌以送之，后人因名渡曰桃叶。按桃叶渡在秦淮、青溪合流处。莫愁湖，按莫愁，古女子名，石城人。《旧唐书·音乐志》："《莫愁乐》，出于《石城乐》。石城有女子名莫愁，善歌谣，《石城乐》和中复有'莫愁'声，故歌云：'莫愁在何处？莫愁石城西。艇子打两桨，催送莫愁来。'"石城，在竟陵，今湖北钟祥市，市西有莫愁村。见《清一统志》。今南京市江宁区西有莫愁湖，盖误以石头城为石城也。

② 长干，地名，在今江苏南京市江宁区境。

③ 屠清渠，按《先友爵里名字考》"屠笏岩，名绅，乾隆癸未进士，官知州"，不知是否即屠清渠。

④ 河清，喻时机之难遇。《左传·襄公八年》："俟河之清，人寿几何？"《拾遗记》："黄河千年一清。"

⑤ 胸中丘壑，黄庭坚《题子瞻枯木》诗："胸中原自有丘壑，故作老木蟠风霜。"

独到无专师。常时兀兀不动手，醉来泼墨风雨驰。长虹俯吸海波立，乖龙上蹴天云垂。及当精心运毫末，双目炯如漆点脂。图成挂我竹间屋，恍有光怪来穷追。翻尊却避座上客，索栗怖走邻家儿。先生掀髯忽大笑，压兴还用倾千卮。鄙人不饮喜观饮，先生善画兼爱诗。短缣尺幅许投赠，日来烂醉无不宜。我歌君饮万事足，更看醉墨挥淋漓。

送春三首录二

此身卑贱无一能，矫吭但欲为新声。淫哇《韶濩》[①]世莫辨，当歌忽觉伤我情。飞而食肉[②]负骨相，老饕大嚼[③]聊为生。平原十日[④]醉未醒，一朝辞我归

---

① 韶濩，乐名，殷汤所作，亦曰《大濩》。

② 飞而食肉，《后汉书·班超传》："（超）行诣相者，曰：'祭酒，布衣诸生耳，而当封侯万里之外。'超问其状。相者指曰：'生燕颔虎颈，飞而食肉，此万里侯相也。'"

③ 老饕，言贪也。《左传》注："贪财曰饕，贪食曰餮。"而苏轼《老饕赋》，则指贪食而言，故后称贪食者曰老饕。大嚼，桓谭《新论》："人闻长安乐，则出门向西而笑。知肉味美，则对屠门而大嚼。"

④ 平原十日，《史记·范雎列传》："（秦昭王）乃详为好书遗平原君曰：'寡人闻君之高义，愿与君为布衣之友，君幸过寡人，寡人愿与君为十日之饮。'"

榛荆。因兹对食每不御，感恩七尺鸿毛[①]轻。十年未知所死处，盛时往矣悲填膺。

朝游沧海暮江汉，余怀渺兮发浩叹。水深网断珊瑚[②]沉，佩去怀空彩云散。侧闻天上朝星辰，谁知人间茹冰炭。长夜耿耿魂茕茕，忧从中来那能断。烛龙[③]收视若木摧，何时得见阊阖[④]烂。玉虬高驾倘见招，急叱羲轮[⑤]出平旦。

偕容甫[⑥]登绛雪亭

汪生汪生适何来，头蓬气结颜如灰。囊无一钱买君醉，聊复与尔登高台。惊人鹰隼扬空去，俯见长云阖且开。江流匹练界遥碧，风劲烟萋莽寒色。危亭倒瞰势逾迥，平墟指空望疑直。凭高眺远吾

---

① 鸿毛，司马迁《报任少卿书》：“人固有一死。死，或重于泰山，或轻于鸿毛。”

② 珊瑚，《南州异物志》：“珊瑚生大秦国，……国人乘大船载铁网，先没在水下，一年便生网目中。”

③ 烛龙，《山海经》：“钟山之神，名曰烛阴，即烛龙也。是龙身长千里，天不足西北，无阴阳，故有龙衔烛以照天门。”

④ 阊阖，天门。《楚辞·离骚》：“吾令帝阍开关兮，倚阊阖而望予。”

⑤ 羲轮，太阳的别称。

⑥ 容甫，汪中字，江都（今江苏扬州市）人，拔贡生。

两人，心孤兴极牢忧并。自来登临感游日，况有磊砢难为平。麟麇雉凤世莫别，萧蒿蕙茝[①]谁能名？颠狂骂座日侘傺[②]，畴识名山属吾辈。著书充栋腹常饥，他年沟壑谁相贷？一时歌哭天梦梦，咫尺真愁鬼神会。汪生已矣不复言，眼前有景休怀煎。愿从化作横江鹤，来往天门采石[③]间。

太白墓[④]

束发[⑤]读君诗，今来展君墓[⑥]。清风江上洒然来，我欲因之寄微慕。呜呼！有才如君不免死，我固知君死非死。长星[⑦]落地三千年，此是昆明劫

① 萧，艾蒿。蒿，亦称青蒿、香蒿，二年生草本植物，叶如丝状，有特殊的气味，开黄绿色小花，可入药。蕙，佩兰。茝，香草。

② 骂座，谓酒醉詈骂座客。灌夫常使酒骂座，见《史记·魏其武安侯列传》。侘傺，失志貌。《楚辞·离骚》："忳郁邑余侘傺兮。"

③ 天门，山名，在湖北天门市西。采石，牛渚山下突入江中之矶，在今安徽马鞍山市西南。

④ 太白墓，在安徽当涂县东南青山。按《年谱》，乾隆三十六年辛卯，先生二十三岁，春至秀水，折赴太平。冬，复至太平，客朱筠学使幕。是诗作于是时。

⑤ 束发，谓成童之年。《大戴礼·保傅》："束发而就大学。"

⑥ 展墓，省墓。《礼·檀弓下》："展墓而入。"

⑦ 长星，《李太白年谱》：唐长安元年辛丑，太白生。长庚入梦，故名白，以太白字之。

灰[①]耳。高冠岌岌佩陆离[②]，纵横击剑[③]胸中奇。陶镕屈宋入《大雅》，挥洒日月成瑰词。当时有君无着处，即今遗躅犹相思。醒时兀兀醉千首，应是鸿濛借君手。乾坤无事入怀抱，只有求仙与饮酒。一生低首惟宣城[④]，墓门正对青山[⑤]青。风流辉映今犹昔，更有灞桥驴背客[⑥]。此间地下真可观，怪底江山总生色。江山终古月明里，醉魄[⑦]沉沉呼不起。锦袍画舫[⑧]寂无人，隐隐歌声绕江水。残膏剩

① 昆明劫灰，《高僧传》："昔汉武穿昆明池底，得黑灰，以问东方朔，朔云：'不知，可问西域胡人。'后法兰既至，众人追以问之，兰云：'世界终尽，劫火洞烧，此灰是也。'"

② 陆离，长的样子。《楚辞·离骚》："高余冠之岌岌兮，长余佩之陆离。"

③ 击剑，李白《与韩荆州书》："白，陇西布衣，流落楚汉，十五好剑术，遍干诸侯。虽长不满七尺，而心雄万夫。"

④ 宣城，谓南齐谢朓。朓曾为宣城太守，故云。王士禛《论诗绝句》诗："一生低首谢宣城。"

⑤ 青山，谢朓曾筑室青山。太白墓在其下，故曰"墓门正对"。

⑥ 驴背客，原注："贾岛墓亦在侧。"按岛字浪仙，唐范阳（今河北涿州市）人。尝于京师骑驴苦吟，得句曰："鸟宿池边树，僧敲月下门。"初欲作"推"字未决，引手作推敲势，不觉冲京兆尹韩愈舆，愈曰："敲字佳。"遂并辔论诗。

⑦ 醉魄，相传李白泛舟采石，大醉狂叫，入水捉月而死。

⑧ 锦袍画舫，《新唐书·李白传》："尝乘舟与崔宗之自采石至金陵，着宫锦袍坐舟中，旁若无人。"

粉洒六合，犹作人间万余子。[①]与君同时杜拾遗，窆石却在潇湘湄。[②]我昔南行曾访之[③]，衡云惨惨通九疑[④]。即论身后归骨地，俨与诗境同分驰。终嫌此老太愤激，我所师得非公谁？人生百年要行乐，一日千杯苦不足。笑看樵牧语斜阳，死当埋我兹山麓。

夜坐怀曹以南[⑤]

回风飘飘卷庭绿，南枝啼乌北枝续。林深屋古萧无人，游子彷徨坐中宿。我所思兮隔云岑，十年久断瑶华音。山中见月倘相忆，夜长漫漫惟素心。

---

① “残膏剩粉洒六合，犹作人间万余子”两句，谓后之学诗者，得太白之残余，犹得称诗人也。《新唐书·杜甫传》：“至甫，浑涵汪茫，千汇万状，兼古今而有之，它人不足，甫乃厌余，残膏剩馥，沾丐后人多矣。”

② 杜拾遗，谓杜甫，杜甫墓在今湖南耒阳市。

③ 按《年谱》，先生于乾隆三十四年己丑冬，游湖南，客按察使王公太岳幕。三十五年庚寅，仍在王公幕中，游衡岳。

④ 九疑，见前《洞庭行赠别王大归包山》注。

⑤ 曹以南，名学诗，歙人。乾隆戊辰进士，官崇阳知县。

九月白门遇伍三病甚恐其不可复治后闻其强病相送而余已发矣因综计吾二人聚散踪迹作为是诗伍三见之当霍然也[①]

伍郎束发去乡土，挟弹翩翩十三五。呼卢[②]纵酒百不忧，只思射杀南山虎。西泠桥[③]畔与君逢，投鞭一醉春风中。吴姬压酒香满店，门外垂杨嘶玉骢。是时方两小，意气绝倾倒。一为吴门别，君访安期岛[④]。十年沧海头，朱颜不自保。嗟嗟翔风翰，堕作穷林鸟。葛衣索索行市中，双鬓忧来似蓬葆[⑤]。道逢南阳刘孝标，慨然为著《广绝交》[⑥]。炎凉世态

---

① 伍三，见前《醉歌行别伍三》注。白门，刘宋之世，宫门外六门设竹篱，有发白虎樽者，言“白门三重门，竹篱穿不完”。乃改立都墙。见《南齐书·王俭传》。后遂称金陵为白门。

② 呼卢，博戏。《珊瑚钩诗话》：“樗蒲起自老子，今谓之呼卢，取纯色而胜之之义。”

③ 西泠桥，在杭州西湖。

④ 安期岛，谓蓬莱山。按《列仙传》载安期生，秦琅琊人，卖药于东海边。始皇与语三日三夜，赐金璧，皆置去，留书以别，谓：“后数年，求我于蓬莱山。”

⑤ 蓬葆，飞蓬羽葆，喻发乱不理。《汉书·武五子传》：“当此之时，头如蓬葆，勤苦至矣。”

⑥ 广绝交，汉朱穆有《绝交论》，梁刘峻有《广绝交论》。按峻字孝标，尝著《广绝交论》，大意言因五交而生三衅，慨世情浇薄也。

有如此，我辈岂肯长蓬蒿。倏忽流光疾如电，耿耿思君抚长剑。扁舟三度访君门，落花满地无人见。今秋意外得重逢，谁知君病余危喘。得志无身古所伤，况今七尺犹贫贱。我为因人[①]更远离，望风遥别不胜悲。闻君力疾犹相送，想见重来惆怅时。

客夜忆城东旧游寄怀左二[②]

人生百年如过客[③]，那得欢游不回忆。眼看胡粤皆殊乡，那得知己常对床。我念城东好风月，同游左子复清发[④]。被酒每逐残星归，哦诗动及晨钟歇。君家屋后林麓美，佛院阴森隔烟水。时携铁杖来叩门，惊起山僧及童子。醉骑长松叱欲飞，片片秋云堕如纸。云阶月地杳莫攀，即今惟有梦中还。楼头书剑飘零日，曲里家山怅望间。始知聚散枝头鸟，有限欢娱不常保。羡君色笑承亲帏，乐事天伦无一少。我行日夜

---

① 因人，谓因人成事。《史记·平原君虞卿列传》："毛遂左手持槃血而右手招十九人曰：'……公等录录，所谓因人成事者也。'"

② 左二，名辅，字维衍，又字仲甫，号杏庄，又号云在，阳湖（今江苏常州市）人。乾隆癸丑进士，官至湖南巡抚。

③ 过客，李白《春夜宴从弟桃花园序》："光阴者，百代之过客也。"

④ 清发，秀露。又清兴雅举。

江之滨，素衣缁尽心生尘[①]。山川风景总堪赋，偏觉故园邱壑真。遥知文酒足清宴，可念同游漂泊人？

以所携剑赠容甫

匣中鱼鳞淬秋水，十年仗之走江海。尘封锈涩未摩挲，一道练光飞不起。相逢市上同悲吟，今将拂衣归故林。知君怜我重肝胆，赠此一片荆轲心。

上朱笥河先生[②]

先生卓然坐虎皮[③]，旁罗宾从皆瑰奇。珠光剑气纷陆离，贡之玉堂[④]当世希。如余卷曲樗散[⑤]资，不

---

① 素衣缁尽心生尘，陆机《为顾彦先赠妇二首》诗："京洛多风尘，素衣化为缁。"

② 朱笥河，名筠，字美叔，号竹君，大兴人。乾隆甲戌进士，官侍讲学士。按《年谱》，乾隆三十六年辛卯，先生二十三岁。冬，复至太平，客朱筠学使幕。时朱筠督安徽学政，延名宿校文，宾从称盛。夙闻先生名，礼致之。是诗作于是时。

③ 虎皮，《宋史·张载传》："（载）尝坐虎皮讲《易》京师，听从者甚众。"

④ 玉堂，本官署名。宋以为翰林之称。翰林亦官署。

⑤ 樗散，言如樗栎之散材，不为世用。杜甫《送郑十八虔贬台州司户伤其临老陷贼之故阙为面别情见于诗》诗："郑公樗散鬓成丝。"《庄子·逍遥游》："吾有大树，人谓之樗，其大本拥肿而不中绳墨，其小枝卷曲而不中规矩。立之涂，匠者不顾。"又《人间世》："匠石之齐，至于曲辕，见栎社树，其大蔽数千牛，……是不材之木也，无所可用，故能若是之寿。"杜诗本此。

可无一聊备遗。公言我欲拂拭之，金沙同冶吾能治。退而喜也心然疑[①]，指胸兀兀前致词。嗟哉小子幼苦饥，典书易米供衰慈。草间咄咄哦恶诗[②]，自为其知曾无师。公名束发心已知，三千里外无见期。义兴两龚[③]语我私，言公相士无成规，扫门求见君无迟。我时唯唯神魂驰，聚米[④]不遂徒嗟咨。朅来乞食江之湄，头如蓬葆衣尘缁，日日面壁愁孤羁。忽闻公至乐不支，径尔投刺趋阶墀。不用温简揖路歧，豁然霁色云雾披。意气倾倒山可移，诱我力学言如饴。感激真乃零涕洟，宾朋暇日罗盘卮，墙头酒过梁果垂。忘情略分兼娱嬉，公也环顾掀髯髭，不惜百妍间一媸。于时岁景穷崦嵫[⑤]，寒灰忽尔

---

① 然疑，《楚辞·九歌·山鬼》："君思我兮然疑作。"补注："然，不疑也。疑，未然也。……是非交作，莫知所决也。"

② 恶诗，《唐国史补》："杜太保在淮南，进崔叔清诗百篇。德宗谓使者曰：'此恶诗，焉用进？'时呼为准敕恶诗。"

③ 义兴两龚，谓龚克一，名协，武进人，居宜兴，乾隆甲午举人，官司务；弟爱督，名怡，号梓树，官布政司经历。见《先友爵里名字考》。按义兴，疑"宜兴"之误。

④ 聚米，言计画也。《后汉书·马援传》："（援）于帝前聚米为山谷，指画形埶，开示众军所从道径往来，分析曲折，昭然可晓。"

⑤ 崦嵫，山名。《山海经》载鸟鼠同穴山西南曰崦嵫，下有虞泉，日所入处。穷崦嵫，谓如日之将没。又岁暮也。

逢春熙。恩遇已极心转危，一身块然[①]百不宜，两手只解双螯持。漂零落魄志业隳，渐恐化雨[②]难为施。他时荆栎从芟夷，即是此日牛医儿[③]。虽然一事愿脱锥[④]，长谢乃敢终其辞。假如公有烟霞思[⑤]，此必弟子相追随，前驱猿猱后麋麖。携囊入云采苓芝，剥刷幽怪穷险巇。佐公巨笔挥淋漓，此则不敢多让谁。公闻此言顾我嘻，小子狂矣言无稽。言虽无稽心不欺，春葵只有倾阳枝[⑥]。作诗呈公公解颐，谓我诗笔犹可为。十年吟苦霜鬓丝，一编吐气今其时。

---

① 块然，孑然独立。陆机《文赋》："块孤立而特峙。"

② 化雨，《孟子·尽心上》："有如时雨化之者。"

③ 牛医儿，《后汉书·黄宪传》载黄宪字叔度，父为牛医。同郡戴良才高倨傲，而见宪未尝不正容。及归，惘然若有失。其母问曰："汝复从牛医儿来邪？"

④ 脱锥，《史记·平原君虞卿列传》："'譬若锥之处囊中。'……'乃颖脱而出，非特其末见而已。'"喻自显其才。

⑤ 烟霞思，谓山水隐居。《旧唐书·田游岩传》："游岩曰：'臣泉石膏肓，烟霞痼疾。'"

⑥ 葵倾，言心向往之，如葵之倾日。曹植上疏求存问亲戚，因致其意曰："若葵藿之倾叶，太阳虽不为之回光，然向之者诚也。"见《三国志·魏书·陈思王植传》。

笥河先生偕宴太白楼醉中作歌[①]

红霞一片海上来，照我楼上华筵开。倾觞绿酒忽复尽，楼中谪仙安在哉！谪仙之楼楼百尺，笥河夫子文章伯。风流仿佛楼中人，千一百年来此客。是日江上同云开，天门淡扫双蛾眉。江从慈母矶[②]边转，潮到然犀亭[③]下回。青山[④]对面客起舞，彼此青莲一抔土[⑤]。若论七尺归蓬蒿，此楼作客山是主。若论醉月来江滨，此楼作主山作宾。长星动摇若无色，未必常作人间魂。身后苍凉尽如此，俯仰悲歌

---

① 按《年谱》，乾隆三十七年壬辰，先生二十四岁。仍在安徽学使署。三月上巳日，为会于采石矶之太白楼。洪《状》云："三月上巳，为会于采石矶之太白楼，赋诗者十数人，君年最少，着白袷，立日影中，顷刻数百言，遍视座客，座客咸辍笔。时八府士子以词赋就试当涂，闻学使者高会，毕集楼下。至是咸从奚童乞白袷少年诗竞写，一日纸贵焉。"又按：是诗吴思亭属梁山舟学士同书书以刻石，学士欣然命笔。

② 慈母矶，亦名慈姥矶，在慈姥山麓。慈姥山，在今安徽马鞍山市东北。

③ 然犀亭，《大清一统志》："然犀亭，在牛渚矶上。"校订者按：然犀亭，在今安徽马鞍山市采石矶东南麓临江处，约建于清初。清光绪十三年，长江水师提督李成谋重修。

④ 青山，谢朓曾筑室青山，太白墓在其下。

⑤ 一抔土，《汉书·张释之传》："假令愚民取长陵一抔土。"

亦徒尔。杯底空余今古愁，眼前忽尽东南美[①]。高会题诗最上头，姓名未死重山丘。请将诗卷掷江水，定不与江东向流。

武林吴翠丞降乩题诗仿其意为此

忆为君家妇，生年十三五。牵裾送君行，行为洛阳贾。妾颜如槿花[②]，妾心似荼[③]苦。妾梦犹随南浦云[④]，妾身已化西陵土。西陵松柏同心存[⑤]，同心不移土尚温。昨夜西风动地起，摇动松根惊妾魂。君归不须奠杯酒，有酒持归与欢寿。君归不须洒清泪，洒泪愁浇土花碎。自分天长地久[⑥]心，未应抛掷有如今。身前不识门前路，待要寻君何处寻？

---

① 东南美，《晋书·顾和传》：“（王）导觉之，谓和曰：‘卿珪璋特达，机警有锋，不徒东南之美，实为海内之俊。’”王勃《滕王阁序》：“宾主尽东南之美。”诗意本此。

② 槿花，朝开暮落，言容颜之易凋。

③ 荼，苦菜。《诗·邶风·谷风》：“谁谓荼苦。”

④ 南浦云，王勃《滕王阁序》：“画栋朝飞南浦云。”

⑤ 西陵松柏同心存，苏小小歌：“妾乘油壁车，郎骑青骢马。何处结同心？西陵松柏下。”

⑥ 白居易《长恨歌》：“天长地久有时尽，此恨绵绵无绝期。”

啼乌行

白项老乌何所求，咿呜呀呷啼檐头。须臾乃有千百至，黑云一片风飕飕。啼声潮沸杂悲怒，问之旁人得其故。朝来设肉网其一，此间即是张罗处。此时啼乌啼更悲，更有挟弹邻家儿。弦声一响乌四起，一乌伤重拍地飞。我观此状泪不止，彼为呼群身更死。明知无益痛系心，物类相连有如此。谁欤罗者伊来前，我今售放拚百钱。毛蓬脰缩[①]曳之出，甫一脱手翔飘然。谁知老乌伺墙角，突起追飞羽声肃[②]。邀之使转啼匝檐，尔纵知恩去宜速。人不如乌能种情，所恨缺陷难为平。悲欢离合幸无恙，何日能令死者生？

山铿

自离小溪来，趋途又廿里。未觉我行疾，因悦山水美。山非极高水非深，无一直处方耐寻。人家

---

① 毛蓬脰缩，言羽毛蓬松颈项短缩。

② 羽声肃，《诗·唐风·鸨羽》："肃肃鸨羽。"肃肃，振羽之声。

半透白云坞，岚翠间染桃花林。是时春残夏将续，百舌声枯雨鸠逐。不知身入浓阴间，但觉逢人鬓须绿。画图此景见亦无，那得便徙全家居。桑麻底用思杜曲[①]，鸡犬或恐犹秦余[②]。传闻此乡人，十有九作贾。溪山如此不思归，觅得钱刀亦何补。沙边少妇来浣衣，稚子自守林间扉。小桥道我入村去，饱饭再逐溪云飞。

游九华山[③]放歌

昔行江上望峷崿[④]，船头抚髀复雀跃[⑤]。向山手指十幅篷，可怜风利不得泊。当时迎送百里余，了了望见高真居。如何今日及山麓，云塞反使山有无。

---

① 杜曲，地名，在今陕西西安市长安区东少陵原东南端。因唐贵族杜氏世居于此，故称。又南曰杜固。《雍录》载樊川韦曲东十里有南杜、北杜。杜固谓之南杜，杜曲谓之北杜。皆名胜之地。

② 秦余，谓秦代之遗。本陶渊明《桃花源记》。

③ 九华山，在今安徽青阳县西南。《太平寰宇记》载九华山亦名九子山，上有九峰，如莲花削成。唐李白改名。按李白《改九子山为九华山联句》序："青阳县南有九子山，山高数千丈，上有九峰如莲华。按图征名，无所依据。……予乃削其旧号，加以九华之目。"

④ 峷崿，山高貌。见《集韵》。

⑤《庄子·在宥》："鸿蒙抚髀，雀跃不辍。"谓惊叹喜悦。

平冈衍阜经略尽，路险心知入佳境。千寻未上气已吞，一步犹余力加猛。琅玕芝肉夹道生，奇峰削壁森成城。疑神疑鬼呼欲出，至竟但可以石名。半山尚有云漫白，绝顶空青砉开辟。云来枞𣫺如有声，云去翻空已无迹。此时望江江渺然，鹅毛一白粘遥天。时移境换迭相望，心空股栗神魂迁。新罗老衲[①]浮海至，一千年来占山气。骑鲸主簿[②]迹亦留，仙佛争灵有兴替。朝钟暮鼓声殷雷，翠微光薄金碧堆。只有青莲[③]读书屋，至今基址荒苍苔。才人身后偏萧索，有句通神不惊俗。谁知举笔点窜间，已使名山擅名目。[④]天台一号谁分更[⑤]，我欲削之言苦轻。世无其人山亦晦，山意待我如含情。峰虽呼九析有百，菡萏将开手生擘。银河倒挂渌水来，碎滲翁翁碧虚色。混茫陆海无津涯，无何有乡真我家。风吹

① 新罗老衲，未详。校订者按：《宋高僧传》载，新罗王子金乔觉出家后于中国唐玄宗时来华，居九华山数十年后圆寂，肉身不坏，以全身入塔。

② 骑鲸主簿，疑指李白。校订者按：扬雄《羽猎赋》：“乘巨鳞，骑京鱼。”李白自署“海上骑鲸客”，后诗文中常用以特指李白。

③ 青莲，即李白。

④ 见前注李白《改九子山为九华山联句》序。

⑤ 原注：“俗分山之半为天台。”

离地倘尺五[①]，着手便可扪匏瓜[②]。更令海水添一线，此山便与蓬莱见。谁教根植尘寰中，时复寻常出真面。有幸不幸何足云，下界蛮触[③]尤纷纷。我虽置身得高处，俯视尚有云中君[④]。自有此山游几辈，幸及登临百年内。且可听吹子晋笙[⑤]，不须更洒羊公泪[⑥]。

陇头行赠王大[⑦]之关中

陇坻[⑧]之坂坂九回，青天九折盘崔巍。秦

① 尺五，言其近也。《三秦记》："城南韦杜，去天尺五。"

② 扪匏瓜，李白《游泰山诗》："扪天摘匏瓜，恍惚不欲归。"按匏瓜，星名。《史记·天官书》："匏瓜，有青黑星守之，鱼盐贵。"《宋史·天文志》："匏瓜五星在离珠北，天子果园也。"

③ 蛮触，言所争者小也。《庄子·则阳》："有国于蜗之左角者曰触氏，有国于蜗之右角者曰蛮氏，时相与争地而战，伏尸数万。"蜗，蜗牛。

④ 云中君，云神。《楚辞·九歌》有《云中君》篇。

⑤ 子晋笙，杜牧《寄题甘露寺北轩》诗："孤高堪弄桓伊笛，缥缈宜闻子晋笙。"按子晋，即王子乔。《列仙传》："王子乔者，周灵王太子晋也，好吹笙作凤凰鸣，游伊、洛之间，道士浮丘公接以上嵩高山。"

⑥ 羊公泪，羊公谓羊祜。《晋书·羊祜传》："襄阳百姓于岘山祜平生游憩之所建碑立庙，岁时飨祭焉。望其碑者莫不流涕，杜预因名为堕泪碑。"

⑦ 王大，见前《洞庭行赠别王大归包山》注。

⑧ 陇坻，在今陕西陇县一带。《三秦记》载天水郡有大坂曰陇坻，其坂九回，不知高几许，欲上者七日乃得越。

川[①]万里一回首，歌声口暮肝肠摧[②]。何人作歌心断绝，游子魂消古离别。陇头水作东西流，陇上人为死生诀。试问此情深几许，石上车轮洼尺五。人间何处无关山，尽道无如此行苦。折断珊瑚七宝鞭，未曾回首只行前。生来不解消魂别，愧尔关西侠少年。

思旧篇并序

戊子己丑间，屡客武林，偕同人宴游，吴山酒楼，踪迹居多。酣嬉之乐，彼一时也。别来闻座中吴门蒋思謇夭，而劳濂叔亦卒于官，[③]感而赋此。

五年浪迹辞吴山，山中猿鹤笑我顽。追陪尽属嵇阮侣，别来霜雪凋朱颜。别后飘零断书问，怪事

① 秦川，《秦州记》："陇山东西百八十里，登山岭，东望秦川四五百里，极目泯然。山东人行役升此而顾瞻者，莫不悲思。"

② 乐府横吹曲辞有《陇头歌辞》。歌曰："陇头流水，流离山下。念吾一身，飘然旷野。……陇头流水，鸣声幽咽。遥望秦川，心肝断绝。"

③ 蒋思謇，苏州人。劳濂叔，名宗茂，钱塘人。乾隆辛卯进士，官工部主事。见《先友爵里名字考》。

惊传半疑信。劳殂蒋夭须臾间，一作陈尸一行殡。蒋生年纪二十余，兀兀抱经常守株[①]。要离冢畔[②]一抔土，谁信此才堪著书。劳年四十遇尤舛，水部[③]一官名甫显。残膏一烁焰旋收，始叹文人得天浅。兰蕙两两遭风吹，身后凄凉更可悲。一生伯道[④]伤无嗣，四壁相如[⑤]尚有妻。青山剩稿半零落，土花剥蚀无人知。嗟我犹惭只鸡奠[⑥]，脉脉泪痕空被面。虚星耿耿夜台[⑦]长，魂魄何曾梦中见。反思置酒吴

① 守株，《韩非子·五蠹》："宋人有耕田者，田中有株，兔走触株，折颈而死，因释其耒而守株，冀复得兔。兔不可复得，而身为宋国笑。"抱经，《后汉书·卓茂传》："变名姓，抱经书隐避林薮。"

② 要离，春秋时刺客。葬于吴。《后汉书·梁鸿传》："及卒，伯通等为求葬地于吴要离冢傍。咸曰：'要离烈士，而伯鸾清高，可令相近。'"诗称"要离冢畔"者，隐以梁鸿相拟。

③ 水部，官名。魏尚书有水部郎。唐制属工部。按劳官工部主事是也。

④ 伯道，邓攸字。《晋书·邓攸传》："天道无知，使邓伯道无儿。"

⑤ 相如，谓司马相如。四壁，言其贫也。《汉书·司马相如传》："文君夜亡奔相如，相如与驰归成都。家徒四壁立。"

⑥ 只鸡奠，徐稚为黄琼所辟，虽不就。及琼死，归葬，常于家豫炙鸡一只，以绵絮置酒中，暴干以裹鸡，到冢外，以水渍绵，使有酒气。白茅为藉，以鸡置前。醊酒毕则去，不见丧主。见《后汉书》注。

⑦ 夜台，谓冥间。李白《题戴老酒店》诗："夜台无李白，沽酒与何人？"

山头，淋漓醉墨挥满楼。我时抱病将远游[①]，公等苦为狂奴[②]忧。谁知挥手数年事，而皆反真吾尚留。我留茕只更行役，游地追思徒历历。何日同张竹下琴[③]，不堪更听邻家笛[④]。达观我昔思庄蒙[⑤]，曾言死胜南面[⑥]荣。又闻栗里[⑦]感柏下，为欢急急深杯倾。昔人持论若矛盾，乃今始得观其平。以生哭死死可惜，无此一哭死亦得。后先相送本斯须，相看那得忘忧戚。顾影临风自叹吁，故人风叶共萧疏。若知鬼伯催人急，好觅生存旧酒垆[⑧]。

---

① 远游，按《年谱》，先生时作楚游。

② 狂奴，《后汉书·严光传》："霸得书，封奏之。帝笑曰：'狂奴故态也。'"按霸，谓司徒侯霸。这里借严光自喻。

③ 竹下琴，谓如嵇、阮等游竹林下而张琴。

④ 邻家笛，《晋书·向秀传》载秀经山阳旧庐，邻人有吹笛者，发声寥亮，秀乃作《思旧赋》。赋中追念嵇康、吕安，皆秀旧友。

⑤ 庄蒙，即庄子；庄子，蒙人。

⑥ 南面，谓君王。古者君王之位南向。《易·说卦》："圣人南面而听天下。"

⑦ 栗里，谓陶渊明。栗里旧以为渊明故居，在今江西九江市。

⑧ 酒垆，《世说新语·伤逝》："（王戎）经黄公酒垆下过，顾谓后车客：'吾昔与嵇叔夜、阮嗣宗共酣饮于此垆，竹林之游，亦预其末。自嵇生夭、阮公亡以来，便为时所羁绁。今日视此虽近，邈若山河。'"

归燕曲

玉露零阶叶飘井，巢燕差池[①]去无影。别路三千紫塞[②]长，秋风一夜乌衣[③]冷。可怜欲别更徘徊，暮气繁华眼倦开。易主楼台常似梦，依人心事总如灰。珠帘十二斜阳下，凄凉几阅流红卸。昔日抛花散绮筵，此时掠草辞歌榭。海国回头雾百重，可应魂恋旧房栊。玉京臂冷红丝断，神女钗归锦合空。亦有江南未归客，年年社日曾相识。故家子弟半飘零，芦花满地头俱白。朱雀航[④]边伴侣稀，郁金[⑤]堂上故巢非。抛残一样新团扇，辛苦三春旧舞衣。感恩几辈同关盼[⑥]，忍待明年更相见。一任

---

① 差池，不齐貌。《诗・邶风・燕燕》："燕燕于飞，差池其羽。"

② 紫塞，《古今注》载秦筑长城，土色皆紫。汉塞亦然。一曰雁门草皆紫色，故名紫塞。

③ 乌衣，谓燕也。燕背羽黑，故云。《唐摭言》："王谢梦抵乌衣国。宴归，王命取飞元轩。谢入其中，闭目少息。至家，梁上双燕呢喃，谢乃悟所止燕子国也。"

④ 朱雀航，按《晋书》屡称朱雀航，亦时称朱雀桥。盖当时用杜元凯河桥法，遇警即撤以为备，故兼受航桥之称。(《考异》)

⑤ 郁金，草名，花色黄。状物之富丽。

⑥ 关盼，唐徐州妓。贞元中张建封纳为妾，筑燕子楼以居之。建封卒，楼居十五年不嫁。后不食而死。见《噱呓集》。

泥抛落月梁，那堪门掩无人院。伯劳东去燕南来，百遍相呼誓不回。天空自有低飞处，不是同心莫浪猜。

春风怨

云翘舞彻椒花筵[①]，东风昨夜来无边。吹成大地可怜色，都道看春宜少年。此时多少繁华地，此时无限临春意。绛绡弟子平阳[②]家，绿帻厨人馆陶第[③]。桂馆[④]铜铺四望通，浓装冶服出当风。题来芍药千花妒，顾罢胭脂一部空。沈沈万户歌钟动，春风未醒红颜梦。照镜都夸城北徐[⑤]，窥臣总道墙东

① 云翘，《后汉书 · 礼仪志》：“执干戚，舞云翘。”梁元帝《玄览赋》：“乐有云翘之舞。”椒花筵，《四民月令》：“正月之旦，进酒降神毕，室家无大小次坐先祖之前，子孙各上椒酒于其家长。”

② 平阳，《汉书 · 外戚传》：“孝武卫皇后字子夫，……子夫为平阳主讴者。”杜牧《书情》诗：“飞鹊徒来往，平阳公主亲。”绛绡，郭璞《游仙诗》：“解褐披绛绡。”绛绡弟子，穿着华丽的歌妓。

③ 馆陶，《汉书 · 东方朔传》：“帝姑馆陶公主，号窦太主。”绿帻，贱人之服。绿帻厨人，指董偃，汉武帝姑母馆陶公主的嬖幸，曾戴绿帻见武帝。

④ 桂馆，《汉书 · 郊祀志》：“公孙卿曰：‘……仙人好楼居。’于是上令长安则作飞廉、桂馆，……使卿持节设具而候神人。”

⑤ 城北徐，《战国策 · 齐策一》：“城北徐公，齐国之美丽者也。”

宋[①]。亦有空闺黯自伤，登楼终日尚凝妆[②]。图中粉腻千行泪，锦上文回一寸肠[③]。关山荡子空回首，辛苦边头亦何有？岁岁常悲死别离，年年不见春杨柳。江南思客更伤神，望远愁遮日暮尘。啼莺枉自思公子，香草何曾见美人。莺飞草长谁为主？渺渺春江作歌苦。一夜飘残吴苑花，五更卷散巫峰雨。可怜东风作意吹，可怜春去不胜悲。人间无数闲哀乐，若问春风总得知。

寒鸦

朔风吹城白日低，登楼四望怀惨凄。排空战寂[④]万枯树，树树上着寒鸦啼。寒鸦初来半天黑，同云作阵风附翼。飘萧散落林冈头，倪迂画点米颠

① 墙东宋，宋玉《登徒子好色赋》："臣里之东有处子，窥臣者三年。"

② 登楼终日尚凝妆，王昌龄《闺怨》诗："闺中少妇不知愁，春日凝妆上翠楼。"

③ 《晋书·列女传》："窦滔妻苏氏，始平人也。名蕙，字若兰。善属文。滔，苻坚时为秦州刺史，被徙流沙，苏氏思之，织锦为回文旋图诗以赠滔。宛转循环以读之，词甚凄惋，凡八百四十字。"

④ 排空，凌空。何逊《赠韦记室黯别》："无因生羽翰，千里暂排空。"战寂，史氏云："战寂，是风定树，则寂若枯也。"(《考异》)

笔[①]。此鸟亦如雁随阳，哀声前后感词客。有枝相借群依依，无巢可投转恻恻。三两稍集空櫚端，告我日暮天且寒。无衣无褐欲卒岁[②]，顿袖相对空长叹。旧巢同辈苦相傲，占得五更金井阑[③]。

舟夜寄别左杏庄[④]

水声到枕今何时？醉中别君心自知。扁舟梦断五更冷，风雪无边助凄警。倾耳微闻折竹声，推篷已失蜚鸿影。别时梅花飞满觞，坐君花下之草堂。相看都怪语言少，一夕离居已断肠。归梦今宵路犹忆，明日相思在江北。牛渚[⑤]风涛百丈深，历阳[⑥]烟

① 倪迂，名瓒，字元镇，号云林，元无锡人。善画山水。性好洁而迂僻，人称“倪迂”。米颠，名芾，字元章，宋襄阳人。因个性狂放，人称“米颠”。书画皆精妙。

② 无衣无褐欲卒岁，《诗·豳风·七月》：“无衣无褐，何以卒岁？”

③ 金井阑，谓施雕饰于井阑。费昶《行路难》：“唯闻哑哑城上乌，玉阑金井牵辘轳。”

④ 原注：“时别家一日也。”杏庄，即左仲甫，见前《客夜忆城东旧游寄怀左二》注。

⑤ 牛渚，山名，在今安徽马鞍山市西南。其山下突入江中之矶，谓之采石矶。

⑥ 历阳，县名，在今安徽和县境内。

树千重黑。差喜百年交道真，不须零落苦嫌身。更将愁水愁风意[①]，寄尔高歌击筑[②]人。

悲来行

我闻墨子泣练丝，为其可黄可以黑。[③]又闻杨朱泣歧路，为其可南可以北。[④]嗟哉古人真用心，此意不复传于今。今人七情[⑤]失所托，哀且未成何论乐。穷途日暮皆倒行，更达漏尽钟鸣声。浮云上天雨堕地，一升一沉何足计。周环六梦罗

---

① 李白《长干行》："那作商人妇，愁水复愁风。"

② 击筑，《战国策·燕策三》载燕太子丹遣荆轲刺秦王，至易水上，其友高渐离击筑，荆轲和而为变徵之声。

③《墨子·所染》："子墨子言见染丝者而叹，曰：染于苍则苍，染于黄则黄。所入者变，其色亦变。五入必，而已则为五色矣。故染不可不慎也。"

④《列子·说符》："杨子之邻人亡羊，既率其党，又请杨子之竖追之。杨子曰：'嘻！亡一羊，何追者之众？'邻人曰：'多歧路。'既反，问：'获羊乎？'曰：'亡之矣。'曰：'奚亡之？'曰：'歧路之中又有歧焉。吾不知所之，所以反也。'杨子戚然变容，不言者移时，不笑者竟日。……心都子曰：'大道以多歧亡羊，学者以多方丧生。'"

⑤ 七情，《礼·礼运》："何谓人情？喜、怒、哀、惧、爱、恶、欲，七者弗学而能。"释教以喜、怒、忧、惧、爱、憎、欲为七情。见《释氏要览》。

预[1]间，有我无非可悲事。悲来举目皆行尸[2]，安得古人相抱持。天空海阔数行泪，洒向人间总不知。

楼上对月

飘飘白袷[3]当回风，三五[4]月照高楼空。一城露瓦高下白，几处已灭窗灯红。病怯临窗倦凭几，苦被钟声促人起。楼头皓魄已天中，郭外青山如梦里。濛濛薄雾苍苍烟，山意亦如人可怜。一丝清气共来往，星辰自动高高天。风景依稀似前度，此间恍是高寒处[5]。夜深谁念朗吟人，愿化辽东鹤[6]飞去。

---

① 六梦，《周礼·春官》："以日月星辰占六梦之吉凶。一曰正梦，二曰噩梦，三曰思梦，四曰寤梦，五曰喜梦，六曰惧梦。"罗预，顷刻。见《考异》。所本未详。校订者按：《僧祇律》："一刹那者为一念，二十念为一瞬，二十瞬名一弹指，二十弹指名一罗预，二十罗预名一须臾，一日一夜有三十须臾。"

② 行尸，《拾遗记》："（任末）曰：'夫人好学，虽死若存；不学者虽存，行尸走肉耳。'"

③ 袷，夹衣。

④ 三五，《礼·礼运》："三五而盈，三五而阙。"

⑤ 高寒处，苏轼《水调歌头》词："我欲乘风归去，又恐琼楼玉宇，高处不胜寒。"

⑥ 辽东鹤，《搜神后记》："丁令威本辽东人，学道于灵虚山，后化鹤归辽，集城门华表柱。时有少年举弓欲射之，鹤乃飞，徘徊空中而言曰：'有鸟有鸟丁令威，去家千年今始归。城郭如故人民非，何不学仙冢累累？'"

闻龚爱督[①]从河南归

不饮忽忽倾千觞，朝闻故人还故乡。梦魂飞渡京口[②]树，觉来海月烟茫茫。七年南北频回首，别后狂名满人口。结客都从燕市多，爱才肯落平原[③]后。昨夜听鸡函谷[④]来，衣裳紫气[⑤]犹余否？洛阳县里花愁风，铜驼[⑥]陌头荆棘丛。知君怀古意郁勃，乃使黄河一线盘君胸。缑山[⑦]唳夜鹤，少室[⑧]闻清钟。下视唐陵汉寝竟何物，呜呼此游真足骄吴侬！

---

① 龚爱督，名怡，号梓树，武进（今江苏常州市）人。官布政司经历。

② 京口，在今江苏镇江市京口区。一说，谓京江之口。

③ 平原，谓平原君，相赵，好宾客，至者数千人。

④ 函谷，秦关名，在今河南灵宝市南，为秦之东关。

⑤ 紫气，《关令内传》：“关令登楼四望，见东极有紫气西迈，喜曰：‘……应有圣人经过京邑。’至期乃斋戒。其日果见老子。”杜甫《秋兴》诗“东来紫气满函关”，正用此事。

⑥ 铜驼，《洛阳记》：“洛阳有铜驼街。……俗语曰：‘金马门外集众贤，铜驼陌上集少年。’”又《晋书·索靖传》：“靖有先识远量，知天下将乱，指洛阳宫门铜驼，叹曰：‘会见汝在荆棘中耳！’”

⑦ 缑山，在今河南偃师市东南。相传王子晋七月七日乘白鹤驻山巅，举手谢时人而去。

⑧ 少室，山名，在今河南登封市西北，太室山之西。

我行瓠落[①]无所惜，岁岁年年去乡国。所愧平生拜母交[②]，阿蒙[③]碌碌常如昔。北海空劳荐祢书[④]，仲宣未是依刘客[⑤]。太白楼[⑥]头不见君，谢公宅[⑦]畔苦离群。欲邀红烛三更话，除借青山一片云。我辈相望各苍老，万事期君致身早。不然痛饮酣青春，坐拥列鼎兼重茵[⑧]。哀丝激肉[⑨]写怀抱，堂前醉倒三千宾。出门大笑忽万里，莫使醯鸡[⑩]笑煞人。

---

① 瓠落，《庄子·逍遥游》："瓠落无所容。"

② 拜母交，《三国志·吴书·周瑜传》："策与瑜同年，独相友善。瑜推道南大宅以舍策，升堂拜母，有无通共。"

③ 阿蒙，《三国志·吴书·吕蒙传》注："后鲁肃上代周瑜，过蒙言议，常欲受屈。肃拊蒙背曰：'吾谓大弟但有武略耳，至于今者，学识英博，非复吴下阿蒙。'"

④ 北海荐祢，北海谓孔融，祢谓祢衡。融尝荐衡于曹操。操不能容，送与刘表，表又不能容，送与黄祖，卒被杀。

⑤ 仲宣依刘，仲宣，王粲字。刘谓刘表。粲避乱，依刘表于荆州。

⑥ 太白楼，在安徽马鞍山市西南采石矶。是后人纪念唐代诗人李白而建造的宏大楼阁。

⑦ 谢公宅，南齐谢朓尝筑室于当涂县东南之青山。

⑧ 列鼎重茵，言宴坐之豪。

⑨ 丝肉，《世说新语·识鉴》刘孝标注引《嘉别传》载桓温问孟嘉曰："听伎，丝不如竹，竹不如肉。"肉谓歌喉。

⑩ 醯鸡，《庄子·田子方》："丘之于道也，其犹醯鸡与！"郭象注："瓮中之蠛蠓也。"

新安程孝子行

孝子名文元，歙之洪坑人。母疾，刲左臂以疗。逾年复疾，孝子将割其右，为姊氏觉，急掣止之。相守侍疾，不与以便，母竟卒。孝子庐于墓三年，岁时辄向墓号恸，至今如常。嘉兴郑诚斋先生掌紫阳书院时[①]，孝子尝从游，先生详言之。虽迹近愚孝，然其愚不可及矣，爰为作歌。

新安江[②]水何粼粼，我间一岁来问津。问我何数数，爱其地气盘礴人风古淳。山高泽深土膏厚，宜产独行君子先天民。六年往复卒未见，匪不可见难乎真。有程孝子洪坑人，是果以孝亲其亲。行孤迹晦人罕道，嘉禾夫子[③]为我言之频。言其去岁来

① 郑诚斋，名虎文，字炳也，秀水（今浙江嘉兴市）人。乾隆壬戌进士，官至左赞善。紫阳书院，在今安徽歙县。

② 新安江，浙江之上游，源出安徽歙县黄山。

③ 嘉禾夫子，即指郑诚斋。

负笈[①]，见其戌削骨立[②]如束薪。颜色虽黯惨，其中含古春。经年共寝处，曾不轻笑嚬。退乃察其隐，悲泪流盈巾。问之不肯语，却立常逡巡。一风吹衣露其肘，有大如掌疮瘢新。孝子不及掩，穷叩乃得知其因。生年十三五，常如日初寅[③]。嬉戏父母侧，谓此若可终其身。一朝父也天所夺，捶胸恸绝呼苍旻。方知父母年，瞬息皆堪珍。回头顾慈母，夕若不保晨。思父兮断绝，事母兮苦辛。昼行不离侧，夜卧不沾席与茵。积此垂数载，母病床吟呻。孝子卒无计，刲股可疗闻之人。是夕风雨急，黑云垂车轮。抽刀暗室室生白，搤肉多处挥如银。肉乎我母寄汝命，快意一割无由颦。作羹进母霍然起，吾肉

① 负笈，笈，书箱，负之以游学。《资治通鉴》："李固，郃之子。少好学，常改易姓名，杖策驱驴，负笈从师，不远千里。"

② 戌削，言衣服之裁制，宽窄合度。《汉书·司马相如传》："衯衯裶裶，扬袘戌削。"颜师古注："扬，举也。袘，曳也。或举或曳，则戌削然见其降杀之美也。"《史记·司马相如列传》作"恤削"。骨立，谓瘦损之极，仅以其骨支拄其体。《世说新语·德行》："王戎、和峤同时遭大丧，俱以孝称。王鸡骨支床，和哭泣备礼。武帝谓刘仲雄曰：'卿数省王、和不？闻和哀苦过礼，使人忧之。'仲雄曰：'和峤虽备礼，神气不损；王戎虽不备礼，而哀毁骨立。臣以和峤生孝，王戎死孝。'"

③ 寅，十二支之第三位。午前三点钟至五点钟为寅时。日初寅，谓日初出。

效矣他何论。背人出疮处，隐隐还鳞鳞。是何灵异无所苦，合处若有神针纫。无何母病忽大渐[①]，彻昼夜侍无欠伸。俄然起四顾，出屋行逡逡。姊氏怪其状，侦至趋随尘。见其持刀袒臂向空祝，侧目视臂刀且抡。急从后至反其臂，责以戕体伤亲神。从兹形影不相失，母亦奄逝当兹辰。孝子长呼姊误我，一毁不复能支振。三年庐墓[②]如一日，近泪赤土无荆榛。林深地旷绝闻见，皓鸟皠雀[③]日久投怀驯，至今岁时省墓辄号恸，恸时四野愁霾屯。我思孝子孝，愚乃成其纯。世人薄天性，剿说[④]摇其唇。毁伤固有戒[⑤]，杀身亦成仁[⑥]。百无可冀冀一济，一发尚欲回千钧[⑦]。此时遑及引文义，何者孝子何忠臣。先生闻言亦颔首，命我纵笔为敷陈。自愧腕弱不能

① 大渐，疾甚剧。《书·顾命》："疾大渐。"

② 庐墓，作室傍墓以居。

③ 皓鸟皠雀，本《南史·甄恬传》："及居丧，庐于墓侧，……又有白鸠白雀栖宿其庐。"

④ 剿说，《礼·曲礼上》："毋剿说，毋雷同。"

⑤ 毁伤有戒，《孝经》："身体发肤，受之父母，不敢毁伤。"

⑥ 杀身成仁，《论语·卫灵公》："志士仁人，无求生以害仁，有杀身以成仁。"

⑦ 一发千钧，韩愈《与孟尚书书》："其危如一发引千钧。"

达，赊愿欲贡王为宾[①]。景星祥凤[②]出示世，一挽末俗归于醇。不然刻君黄山[③]三十六峰顶，坐使姓氏万古同嶙峋。

稚存从新安归而余方自武林来新安相失于道作此寄之[④]

来鸿去燕江干路，露宿风飞各朝暮。多时相失万重云，忽又相逢不相顾。吁嗟吾辈有底忙，怅好年华此愁度。君饮新安水，我客钱塘城。风岩水穴每独往，此间但恨无君行。君下严陵滩[⑤]，我上富春[⑥]郭。日日看山不见君，咫尺烟波已成错。卸装

① 贡王为宾，言贡于王庭，以为虞宾。《书·洛诰》："王宾杀禋咸格。"注："王宾，犹虞宾助祭也。"

② 景星祥凤，古以为有道之国祥瑞之征。

③ 黄山，在安徽黄山市北，有三十六峰。

④ 按《年谱》，乾隆三十八年癸巳，夏，先生游徽州，途至杭州，秋，再至徽州。此诗当作于是年。

⑤ 严陵滩，在今浙江桐庐县南。《水经注》："自县至於潜，凡十有六濑，第二是严陵濑。濑带山，山下有一石室，汉光武帝时严子陵之所居也。故山及濑皆即人姓名之。"

⑥ 富春，即今浙江杭州市富阳区。其江曰富春江，其山曰富春山。严陵滩即在江侧。

孤馆开君书，知君去才三日余。君行尽是我行处，一路见我题诗无？吴山越水两迎送，今夜追君惟有梦。

练江[1]舟中

青山万叠江一线，一叶扁舟下如箭。船头高坐披裘人，终日看山如不见。问君胡为不见山，山过倏忽迷茫间。崖连但若障迎面，峡转忽如天霁颜。岭上行云半晴湿，晴云俄追湿云及。雨来只送山气腥，雨过顿助滩声急。星光渐大日已曛，摇舟泊入千鸥群。矶头石作琳碧灿，水底沙皆蝌蚪文。十年尘梦快冰释，中夜临风展瑶席。大鱼听曲[2]来昂昂，独鹤掠舟[3]飞拍拍。梦醒远柝闻五更，茫茫露下空

① 练江，在广东境。按先生未曾入粤，此“练”字，疑取谢朓《晚登三山还望京邑》诗“澄江静如练”之义，非谓广东之练江也。校订者按：应为安徽省的练江，又名徽溪、西溪、练溪，在今安徽歙县城西。《江南通志·山川五·徽州府》：练江“环绕郡城，扬之、布射、富资、丰乐四水分派合流，直泻如练，而抵于城南，是名西溪，一名徽溪。其水注于渔梁，抵歙浦而合于新安江”。

② 听曲，《荀子·劝学》：“瓠巴鼓瑟而流鱼出听。”

③ 掠舟，苏轼《后赤壁赋》：“适有孤鹤，横江东来，翅如车轮，元裳缟衣，戛然长鸣，掠予舟而西也。”

江平。舟人醉眠时呓语，百呼不应天将明。

淮上夜发因忆壬辰之冬偕稚存随朱笥河先生按部经此倏三载矣怅然有作寄稚存[①]

平沙渺渺烟苍苍，长淮晚来沉镜光。舟行十里复五里，一钩新月悬危樯。楚火星星明两岸，极浦清歌入天半。七弦罢弹觞不倾，默听离心倏零乱。一半催成风水愁，分明诉出飘零怨。我心枨触[②]非酒悲，坐有往事劳沉思。山川风景了无异，绝忆此流初泛时。东山宾从南州客[③]，顾荣羽扇桓伊笛[④]。前舫欢呼句落成，后舟笑语风吹逼。我舟李白[⑤]同醉

---

① 按《年谱》，先生于乾隆三十七年壬辰客朱公署中，受业门下。自叙："朱先生督学安庆，从游三年。"是诗作于乾隆四十年乙未。

② 枨触，感触。李商隐《戏题枢言草阁三十二韵》诗："君时卧枨触。"

③ 东山，晋谢安所居。南州，晋顾荣，南州望士，朝野甚推敬之。以喻朱笥河，及稚存、先生诸人。

④ 顾荣，《晋书·顾荣传》："顾荣字彦先，……元帝镇江东，以荣为军司，加散骑常侍，凡所谋画，皆以谘焉。"庾信《哀江南赋》："顾荣虚摇羽扇。"桓伊，《世说新语·任诞》："王子猷出都，尚在渚下。旧闻桓子野善吹笛，而不相识。遇桓于岸上过，王在船中，客有识之者，云：'是桓子野。'王便令人与相闻云：'闻君善吹笛，试为我一奏。'桓时已贵显，素闻王名，即便回下车，踞胡床，为作三调。弄毕便上车去，客主不交一言。"按顾、桓并以况朱公宾客。

⑤ 李白，以喻稚存。

眠，醉后乱拍洪崖[1]肩。啸歌怀古乐相乐，望者谁不称神仙。只言好景堪把玩，谁知过眼皆云烟。太息吾徒二三子，半脱芒鞋着珠履[2]。客路空追大小山，离程已判东西水。十年湖海惭浮名，再来迹比清淮清。登舻依旧美清夜，却对长年[3]诉愁话。素志难移橘柚根，微躯不及鼋鼍化。我欲招隐山之幽，多恐岁晏难为留。似抛鸡犬未仙去[4]，管领别离无限愁。回头却望听歌处，已失八公山[5]上树。

沙洲行

门前洲渚春水生，浩淼远与淮流平。吴艑楚舸泊门下，睡乡咿轧皆橹声。经时卧病出门望，但见短草摇天青。水落不知处，草青行复枯。行人如豆马如蚁，出没草际行蠕蠕。若教此地不为浸，岂非

① 洪崖，仙人名。郭璞《游仙诗》："左挹浮丘袖，右拍洪崖肩。"

② 芒鞋，贱者之服。珠履，《史记·春申君列传》："春申君客三千余人，其上客皆蹑珠履以见赵使。"

③ 长年，《入蜀记》："长年三老，梢工是也。"

④ 鸡犬仙去，《神仙传》载淮南王白日升天，余药器置在中庭，鸡犬舐啄之，尽得升天。按此指朱公解官入都，而先生未得相从也。

⑤ 八公山，在今安徽寿县北，淝水之北，淮水之南。

万顷真膏腴。长淮树底渺难辨，极浦征帆有时见。帆影还争落日飞，鼓声或递回风便。一行雁带商飙[①]来，散作秋阴满淮甸[②]。揞筇[③]独立何苍然，万里势落萧辽天。客魂久已迷下蔡[④]，地气莽欲开中原。世情生落尽如水，何必桑田与沧海。等闲风景伤羁人，我客兹邦已弥载。故乡昨日邮筒来，石田荦确[⑤]生蒿莱。老亲日日倚门望，试问游子何时归？沙洲行复别伊去，明岁水生无我住。

尹六丈为作云峰阁图歌以为赠[⑥]

出君胸中随意之丘壑[⑦]，图我悬崖万仞之高阁。

---

① 商飙，秋风。梁简文帝《开霁》诗："景落商飙靖。"按五音商为秋，故谓秋风曰商飙。

② 甸，郭外曰郊，郊外曰甸。

③ 揞，zhī，支撑。筇，竹名，可为杖，故杖亦曰筇。

④ 下蔡，春秋楚邑，故城在今安徽凤台县北。宋玉《登徒子好色赋》："惑阳城，迷下蔡。"

⑤ 荦确，山多大石貌。韩愈《山石》诗："山石荦确行径微。"

⑥ 尹六丈，谓尹似村，名庆兰，满洲镶黄旗人，诸生。是诗作于乾隆四十年乙未。时主讲正阳书院。

⑦ 胸中丘壑，黄庭坚《题子瞻枯木》诗："胸中元自有丘壑，故作老木蟠风霜。"

断腰破顶峰状千，缭石穿松云态各。弄君笔头随意之丹青[①]，使我鸠形鹄面[②]生光莹。风尘扫尽出真相，土木块然还旧形。蓬莱元圃藐姑射[③]，摄入横图不盈尺。云邪峰邪重复重，杳然不知图所终。故令阁势欲飞去，位我读书长啸于其中。咄哉此客太相逼，揽镜依然旧相识。周旋与我成三人，毕竟置身高处得。我曾夜半登祝融[④]，铁笛叫出金钲[⑤]红。又曾黄山[⑥]看铺海，石壁云踪至今在。他如匡庐九子天台四明[⑦]

① 丹青，《晋书·顾恺之传》："尤善丹青，图写特妙。"

② 鸠形鹄面，《资治通鉴》载梁简文帝时，江南百姓乏食，皆鸟面鹄形。《隋唐演义》第八回："如今弄得衣衫褴褛，鹄面鸠形一般，却去拜他，岂不是迟了！"鸠形，谓腹部低陷，胸骨突起。鹄面，谓两颧瘦削。

③ 蓬莱，仙山名。《史记·封禅书》："蓬莱、方丈、瀛洲，此三神山者，其傅在勃海中，……诸仙人及不死之药皆在焉。"元圃，即玄圃，清康熙名玄烨，讳改。《水经注》："昆仑之山三级，……二曰玄圃，一名阆风。"仙人所居也。藐姑射，山名。《庄子·逍遥游》："藐姑射之山，有神人居焉。"释文："在北海中。"

④ 祝融，山峰名，在今湖南衡阳市南岳区西北部，七十二峰之最高者。

⑤ 金钲，谓太阳。

⑥ 黄山，在今安徽黄山市北。有三十六峰。

⑦ 匡庐，山名，在今江西九江市南。相传殷周之际有匡俗兄弟七人结庐于此，故称。九子，即九华山，在今安徽青阳县西南。天台，山名，在今浙江天台县北。四明，山名，在浙江省，跨越绍兴嵊州、上虞及宁波余姚、鄞州、奉化五市区，主峰位于嵊州市境内。

旧游一一归梦境，君画与我通心灵。从今卧游[①]不复梦，但恐披图意飞动。五岳寻真愿总乖[②]，千秋作赋才何用？碧海难骑李白鲸[③]，红尘渐老嵇康凤[④]。客里相逢意转亲，袖君高手画麒麟[⑤]。若论此日图中客，亦是寻常行路人。

献县[⑥]汪丞坐中观技

主人怜客困行李，开觞命奏婆猴技[⑦]。一人锐头

---

① 卧游，《南史·宗少文传》：“（宗少文）好山水，爱远游，西陟荆、巫，南登衡岳，……有疾还江陵，叹曰：‘老疾俱至，名山恐难遍睹，唯澄怀观道，卧以游之。’凡所游履，皆图之于室，谓之‘抚琴动操，欲令众山皆响’。”

② 五岳愿乖，东汉向子平隐居不仕。男女婚嫁既毕，敕断家事勿相关，与北海禽庆游五岳名山，不知所终。

③ 李白自署“海上骑鲸客”。

④ 嵇康凤，《世说新语·简傲》：“嵇康与吕安善，每一相思，千里命驾。安后来，值康不在，喜出户延之，不入，题门上作‘凤’字而去。喜不觉，犹以为欣故作。‘凤’字，凡鸟也。”嵇喜，康之兄。按江淹《嵇中散康言志》诗：“灵凤振羽仪，戢景西海滨。朝食琅玕实，夕饮玉池津。”本诗似用此诗意为是。

⑤ 画麒麟，谓麒麟阁图象。汉宣帝图功臣于麒麟阁，凡十一人。

⑥ 献县，清属河间府，今属河北沧州市。

⑦ 婆猴技，《拾遗记》载成王即政七年，有扶娄国，其人善能机巧变化，异形改服，神怪欻忽，炫丽于时。乐府皆传此技，俗谓之婆猴技，则扶娄之音，讹替至今。

颇有髯，唤到筵前屹山峙。䫜颐[①]解奏偃师歌，敛气忽喷尸罗水[②]。吞刀吐火[③]无不为，运石转丸惟所使。上客都忘叶作冠，寒天倏有莲生指。[④]坐令棐几湘帘旁，若有万怪来回皇[⑤]。人心狡诡何不有，尔为此技真堂堂。此时四座群错愕，主人劝醉客将作[⑥]。忽然阶下趋奚奴，瞥见庭中飞彩索。少焉有女颜如花，款闼循墙来绰约[⑦]。结束腰躯瘦可怜，翻身便作缘竿[⑧]乐。初凝微睇搴高絚[⑨]，欲上不上如未能。

① 䫜颐，曲颐。周穆王时有巧工名偃师者，为木偶，灵动如生人，䫜其颐则歌合律，捧其手则舞应节。见《列子·汤问》。

② 尸罗水，《拾遗记》载沐胥之国，有道术人名尸罗，善炫惑之术，喷水为雰雾，暗数里间。俄而复吹为疾风，雰雾皆止。

③ 吞刀吐火，《纂要》："百戏起于秦汉，有鱼龙、都卢、兴云、动雷、吞刀、履索、吐火、激水、扛鼎、怪兽之戏。"

④ "上客""寒天"二句，言其变化之离奇。

⑤ 回皇，彷徨。

⑥ 作，起。

⑦ 绰约，柔弱貌。《庄子·逍遥游》："绰约若处子。"

⑧ 缘竿，《事物原始》："《教坊记》云：汉武帝时，一小儿翻筋斗绝伦，能缘长竿倒立，今时谓之笃叉子。"

⑨ 原注："高絚，见《邺中记》。"按《通典》："梁有高絚妓，以大绳系两柱，相去数丈，两妓女各从一头上对舞，相逢比肩而不倾，所谓舞絚者也。"

失势一落似千丈[①]，翩然复向空中腾。下有一髯挝画鼓，枨枨[②]节应竿头舞。蓦若惊鸢堕水来，轻疑飞燕从风举。腹旋跟挂[③]态出奇，《踏摇》《安息》[④]歌逾苦。吁嗟世路愁险艰，尔更履索何宽然？鼓声一歇倏堕地，疾于投石轻于烟。依然娟好一女子，不闻兰气[⑤]吁风前。我闻西京盛百戏[⑥]，此虽杂乐犹古意。石虎休夸马妓书[⑦]，杜陵雅爱公孙器[⑧]。螭鹄鱼龙

---

① 韩愈《听颖师弹琴》诗："失势一落千丈强。"

② 枨枨，弦声。李贺《秦王饮酒》诗："金槽琵琶夜枨枨。"

③ 腹旋跟挂，《事物原始》："汉时有都卢，巴俞角抵之戏。《西域传》云：巴俞二州名都卢，乃戏妓之名，体轻善缘高，有跟挂腹旋之名。"

④ 踏摇，唐时散乐，以其且步且歌，故名。见《唐音癸签》。安息，亦乐名。《邺中记》："（石）虎正会殿前作乐，高絙、龙鱼、凤凰、安息五案之属，莫不毕备。"

⑤ 兰气，《洞冥记》："帝所幸宫人，名丽娟，年十四，玉肤柔软，吹气胜兰。"诗意谓不见力乏而喘息。

⑥ 西京，谓西汉，西汉都长安，称西京。张衡《西京赋》胪叙百戏甚详。

⑦ 石虎，《邺中记》："虎正会殿前作乐，……又衣伎儿作猕猴之形，走马上，或在胁，或在马头，或在马尾，马走如故，名为猿骑。"马妓书，不知是否指此。

⑧ 杜陵，谓杜甫。甫有《观公孙大娘弟子舞剑器行》诗。公孙器，《札朴》："姜君元吉言：'在甘肃见女子以丈余彩帛结两头，双手持之而舞，有如流星。问何名，曰：剑器也。'乃知公孙大娘所舞即此。"

亦偶成，戏耳何须荡心气。狂来径欲作拍张[1]，我无一技争其长。十年挟瑟[2]侯门下，竟日驱车官道旁。笑语主人更觞客，明朝此际孤灯驿。

得稚存渊如[3]书却寄

秋窗夜凉灯一粟，日南坊西数椽屋[4]。客心羁孤不可论，忽有故人书在门。书词悱恻纸黯惨，曾洗巨浪倾昆仑[5]。河关阻越两年别，展翰披缄转愁绝。洪生倔强[6]百不谙，只解故纸驱银蟫[7]。自餐脱粟[8]厚亲养，俭岁襆被游江潭。孙郎下笔妙心孔，百炼枯

① 拍张，手搏捽胡之戏。《南史·王敬则传》载王敬则善拍张，宋帝使跳刀，接无不中。径，赵、吴作“竟”。

② 挟瑟，梁简文帝《率尔为咏》诗：“挟瑟曾游赵，吹箫屡入秦。”

③ 稚存，见前。渊如，孙星衍字，阳湖人。乾隆丁未进士及第，官至山东督粮道。

④ 日南坊西数椽屋，先生在京，寓日南坊西。

⑤ 原注：“寄书人曾覆舟于河。”按《尔雅》“河出昆仑”，昆仑，指河而言。

⑥ 倔强，不受屈抑。宋赵鼎贬吉阳军，谢表有曰：“白首何归，怅余生之无几；丹心未泯，誓九死以不移。”秦桧见之曰：“此老倔强犹昔。”见《宋史·赵鼎传》。

⑦ 银蟫，书中蠹鱼。句谓但解于书籍中钻研耳。

⑧ 脱粟，谓粗米仅脱稃壳不精凿。《晏子春秋·杂下》：“晏婴相景公，食脱粟之食。”《汉书·公孙弘传》：“弘身食一肉，脱粟饭。”

肠泻真汞[①]。寄我新成《病妇诗》，不特才豪亦情种。鹤笼凤篸[②]两不聊，怜我塌翅为解嘲[③]。老亲弱子感温问，古意分明见方寸。入世无妨醒是狂，谋生敢道贫非病。燕山九月飞雪花，日日典衣归酒家。闻钟偶一揽清镜，面上薄已污尘沙。插标卖赋愁绝倒[④]，臣朔苦长[⑤]时不饱。织锦偏输新样工，论文每叹清才少。春风野火[⑥]句全删，今日长安[⑦]住较难。故人迟我作长句，须在匡山读书处[⑧]。

---

① 真汞，即水银。句谓诗笔浑脱流利，如水银之泻地。

② 鹤笼，顾况《酬柳相公》诗：“此身还似笼中鹤，东望沧洲叫一声。”详七律《言怀》第一章注。凤篸，《楚辞·九章·怀沙》：“凤皇在篸兮，鸡鹜翔舞。”篸，鸟笼。

③ 塌翅，杜子美《别苏徯》诗“十年犹塌翼”，韩退之《赠郑兵曹》诗“戢鳞委翅无复望”，皆以喻下第者。解嘲，解免嘲笑。扬雄有《解嘲》。

④ 绝倒，谓大笑。《归田录》：“往往哄堂绝倒。”

⑤ 苦长，《汉书·东方朔传》：“朱儒长三尺余，奉一囊粟，钱二百四十。臣朔长九尺余，亦奉一囊粟，钱二百四十。朱儒饱欲死，臣朔饥欲死。”

⑥ 春风野火，白居易《赋得古原草送别》诗：“野火烧不尽，春风吹又生。”按先生意指愁心。

⑦ 长安，指京师。《全唐诗话》：“乐天未冠，以文谒顾况，况睹姓名，熟视曰：‘长安米贵，居大不易。’”盖以白名为戏语也。

⑧ 杜甫《不见》诗：“匡山读书处，头白好归来。”

圈虎行[①]

都门岁首陈百技，鱼龙[②]怪兽罕不备。何物市上游手[③]儿，役使山君[④]作儿戏。初舁虎圈来广场，倾城观者如堵墙[⑤]。四围立栅牵虎出，毛拳耳戢气不扬[⑥]。先撩虎须虎犹帖[⑦]，以棓卓[⑧]地虎人立。人呼虎吼声如雷，牙爪丛中奋身入。虎口呀开大如斗，人转从容探以手。更脱头颅抵虎口，以头饲虎虎不受，虎舌舐人如舐彀[⑨]。忽按虎脊叱使行，虎

---

① 孙渊如《诗评》曰："仲则《圈虎行》为七古绝技。'似张虎威实媚人'，奇句精思，似奇实正。"

② 鱼龙，《汉书·西域传赞》："漫衍鱼龙、角抵之戏以观视之。"注："漫衍者，即张衡《西京赋》所云'巨兽百寻，是为漫延'者也。鱼龙者，为舍利之兽，先戏于庭极，毕乃入殿前激水，化成比目鱼，跳跃漱水，作雾障日，毕，化成黄龙八丈，出水敖戏于庭，炫耀日光。"

③ 游手，谓不事事也。《晋书·食货志》："乡无游手，邑不废时。"

④ 山君，《说文》："虎，山兽之君。"《虎苑》："虎为兽长，亦曰山君。"

⑤ 堵墙，《礼·射义》："孔子射于矍相之圃，盖观者如堵墙。"

⑥ 拳，谓曲屈如拳。《庄子·逍遥游》："其小枝拳曲而不中规矩。"戢，敛。《诗·小雅·鸳鸯》："戢其左翼。"

⑦ 帖，服。

⑧ 棓，同"棒"。卓，以所执之物竖向叩击。

⑨ 彀，gòu，乳。校订者按：《说文》："彀，乳也。"段玉裁注："此乳者，谓既生而乳哺之也。"引申指哺乳的对象，在这里指幼虎。

便逡巡绕阑走。翻身踞地蹴冻尘，浑身抖开花锦茵。盘回舞势学胡旋[①]，似张虎威实媚人。少焉仰卧若佯死，投之以肉霍然起。观者一笑争醵钱，人既得钱虎摇尾。仍驱入圈负以趋，此间乐[②]亦忘山居。依人虎任人颐使[③]，伴虎人皆虎唾余。我观此状气消沮，嗟尔斑奴亦何苦。不能决蹯[④]尔不智，不能破槛[⑤]尔不武。此曹一生衣食汝，彼岂有力如中黄[⑥]，复似梁鸯[⑦]能喜怒。汝得残餐究奚补，伥鬼[⑧]羞颜亦更主。旧山同伴倘相逢，笑尔行藏[⑨]不如鼠。

---

① 旋，xuàn。胡旋，《乐府杂录》载夷部乐有此舞，于小圆毬子上舞，纵横腾踏，两足终不离于毬子。即所谓踏毬戏。

② 此间乐，蜀汉后主刘禅降魏，封为安乐公。司马昭问禅曰："颇思蜀否？"禅曰："此间乐，不思蜀。"

③ 颐使，口不言而动颐示意，以役使之。

④ 决蹯，《战国策·赵策三》："人有置系蹄者而得虎。虎怒，决蹯而去。虎之情，非不爱其蹯也，然而不以环寸之蹯，害七尺之躯。"决，犹绝。

⑤ 槛，关野兽的栅栏。

⑥ 中黄，《尸子》："中黄伯曰：'余左执太行之猱，而右搏雕虎。'"

⑦ 梁鸯，《列子·黄帝》："周宣王之牧正有役人梁鸯者，能养野禽兽，委食于园庭之内，虽虎狼雕鹗之类，无不柔驯者。"

⑧ 伥鬼，《本草纲目》："人死于虎，则为伥鬼，导虎而行。"

⑨ 行藏，《论语·述而》："用之则行，舍之则藏。"

题洪稚存机声灯影图

君家云溪南，我家云溪北。[①]唤渡时过从，两小便相识。白杨头望何妥[②]居，辛夷树访迁辛宅[③]。君言弱岁遭孤露[④]，却伴孀亲外家[⑤]住。尘封蛛网三间楼，阿母凄凉课儿处。读勤母颜喜，读倦母心悲。不惜寒机杼千匝，易得夜灯膏一瓻。灯灭尚可挑，机断[⑥]不可续。楼风刮灯灯一粟，书声机声互相逐。屋角时闻邻妪愁，烟中每撼林乌宿。老渔隔

---

① 稚存与先生，并江苏武进人。云溪，是其乡里之水，本名白云溪。见《考异》。

② 何妥，《北史·何妥传》："何妥字栖凤，西城人也。……时兰陵萧昚，亦有俊才，住青杨巷，妥住白杨头。时人为之语曰：'世有两俊，白杨何妥，青杨萧昚。'"

③ 迁辛，白居易《代书诗一百韵寄微之》诗："笑劝迁辛酒，闲吟短李诗。"自注："辛大丘度，性迂嗜酒。"又："北村寻古柏，南宅访辛夷。"辛夷，落叶乔木，春初开花，有紫白二色，香味馥郁，白者俗称玉兰，又名木笔，亦名迎春。

④ 弱岁，幼年。孤露，谓少失怙恃，无庇荫之人。嵇康《与山巨源绝交书》："少加孤露。"

⑤ 外家，母之父母家。《晋书·魏舒传》："少孤，为外家甯氏所养。"

⑥ 机断，孟子三岁丧父，母仉氏贤。孟子既学而归，母问学所至，曰如旧。母引刀断其机，曰："子之废学，若吾之断斯机也。"孟子惧，乃旦夕勤学，遂成大贤。见《列女传》。

溪住十年，君家旧事渠能言。打鱼夜夜五更起，蒋家[①]楼上灯犹然。即今此景空追溯，《蓼莪》已废《白华》补[②]。写声写影工则能，难貌孤儿此心苦。如君独行[③]世无匹，谓我知君一言乞。君名已达荐贤书，母传应归赤心笔[④]。我惭腕弱何能任，忽复思泪沾盈衿。画中咫尺逼亲舍，南望白云千里深。[⑤]未能一笑酬苦节，空此春晖寸草[⑥]心。翦烛题诗意无已，急付横图卷秋水。

恼花篇时寓法源寺

寺南不合花几树，闹春冠盖屯如蜂。遽令禅窟

---

① 蒋家，洪编修母氏蒋，蒋宅在白云溪之南。见《考异》。

② 蓼莪，《诗》篇名。孝子追念父母。晋王裒读《诗》至此，未尝不三复流涕，门人为废《蓼莪》之篇。白华，美孝子之洁白。诗已逸。

③ 独行，志节高尚，不随俗浮沉之谓也。《礼·儒行》："其特立独行有如此者。"《后汉书》有《独行传》。

④ 赤心笔，《古今注》："史官载事，故以彤管，用赤心记事也。"

⑤ 白云亲舍，《新唐书·狄仁杰传》："荐授并州法曹参军。亲在河阳，仁杰登太行山，反顾，见白云孤飞，谓左右曰：'吾亲舍其下。'瞻怅久之，云移乃得去。"按"画中"句以下四句，为先生自述其思亲之感。

⑥ 春晖寸草，喻父母之荫庇。孟郊《游子吟》诗："谁言寸草心，报得三春晖。"

变尘衖，晓钟未打车隆隆。我时养疴僦僧舍，避地便拟东墙东。花开十日不曾看，键关不与花气通。渐惊剥啄[①]多过客，始觉门外春光浓。数弓地窄苦揖让，一面交浅劳过从。翻书夺席苦拉逻[②]，应门煮茗烦奴僮。因花致客真被恼，求寂得喧毋乃穷。斫花径拟借萧斧[③]，深根铲断繁英空。不然飞章乞猛雨，使李褪白桃销红。不忧人讥煞风景[④]，焚琴煮鹤宁从同。花如顾我哑然笑，杂以谐谑通微风。尔今穷瘁实天予，岂有生气回春容。无人之境讵可得，徒使冰炭[⑤]交心胸。非人谁与[⑥]圣所训，有怒不迁[⑦]德则崇。去留踪迹孰相强，曷不掉臂空山中。同生

① 剥啄，叩门声。韩愈《剥啄行》诗："剥剥啄啄，有客至门。"

② 拉逻，吵闹之意。

③ 萧斧，桓谭《新论》："雍门周说孟尝君曰：'以强秦之势伐弱韩，譬犹摩萧斧以伐朝菌也。'"

④ 煞风景，《义山杂纂》："品目数十，盖以文滑稽者。其一曰杀风景：谓清泉濯足，花上晒裈，背山起楼，焚琴煮鹤，对花啜茶，松下喝道。"

⑤ 冰炭，《盐铁论·刺复》："冰炭不同器，日月不并明。"言不相容也。

⑥ 非人谁与，《论语·微子》："吾非斯人之徒与而谁与？"

⑦ 有怒不迁，《论语·雍也》："不迁怒，不贰过。"

覆载[①]各有志，我自开落随春工。客来客往岂有意，而以罪我徒褊[②]衷。对花嗒然[③]坐自失，何见不广侪愚惷[④]。明当邀客坐花下，为花作主倾深钟。焚香九顿法王[⑤]座，祝客常满花常秾。

夜宿朝阳阁感怀龚梓树[⑥]

叔虞[⑦]祠下垂杨满，空翠堆中咽丝管。夕阳人散庙门关，惟有鸟声啼宛转。回首闲云步山谷，一灯自上西岩宿。推窗百里望川原，晻霭冥濛辨汾[⑧]曲。岭头月落星光昏，风景可怜思故人。空山唳鹤掠檐过，仿佛似挟平生魂。当日思君此游冶，白袷春衫制都雅。一剪眸横山翠开，数声歌遏泉流泻。

---

① 覆载，谓天地。

② 褊，狭。

③ 嗒然，茫然自失貌。

④ 愚惷，《周礼·秋官》："三赦曰惷愚。"谓生而痴騃。

⑤ 法王，佛。

⑥ 龚梓树，即龚爱督，见前《闻龚爱督从河南归》注。七律有《哭龚梓树》诗二章，见下。

⑦ 叔虞，周武王子，成王弟，名虞。周公灭唐，成王戏削桐叶以封叔虞，史佚请封之，遂封于唐。今山西冀城县西，有古唐城。

⑧ 汾，水名，源出山西宁武县西南之管涔山，西南流入黄河。

题句空留碧玉栏，旧游不见青骢马。我后君来已十年，我来君已归重泉。水声似咽邻家笛[①]，云影疑分梦里笺。人去人来空叹息，待人惟有青山色。留语青山问来客，不知我去谁相忆？

典衣行

夷陵[②]道中游客归，广陵驿前暮雨飞。萧萧瑟瑟听不得，推篷一望魂魄迷。征裘湿尽不复暖，雨脚如丝那能断？囊空羞涩对客灯，老仆助我发长叹。谁家箜篌伤客心，邻舟少女弹哀音。天涯孤棹正寥落，闻此清泪沾衣衿。东望故乡不可即，白云烟树深更深。朔风吹雨作寒雪，千山万山树琼阙。隔滩败苇声飕飕，中有嫠妇泣[③]幽咽。连日拥衾不能起，行人断绝炊烟灭。老仆为我言，风雨无归期。前村有新酿，何如典征衣？我闻此言神色豫，舟子持衣出林去。千村雪拥犬不鸣，典

① 邻家笛，《晋书·向秀传》载秀经山阳旧庐，邻人有吹笛者，发声寥亮，秀乃作《思旧赋》。赋中追念嵇康、吕安，皆秀旧友。

② 夷陵，县名，在今湖北宜昌市东南长江北岸。

③ 嫠妇泣，苏轼《赤壁赋》："泣孤舟之嫠妇。"

衣典衣竟何处？

夜雨

三间老屋瘦木架，狂风刮瓦天漏罅。今年梅雨太不仁，偏不卜昼卜其夜。睡梦惊起如盆倾，东邻西邻移榻声。摒挡器具杂甑瓮，哜嘈人语兼儿婴。我亦黑影大扪摸，衾裯半湿如凝冰。仓皇呼烛照环堵，迁地庶得喘息宁。谁知所遇若有鬼，四邻声息我复尔。造物穷我何太愚，坐以待旦斯已矣。吁嗟一寝亦岂关前因，必使长夜劳心神。晓来整榻始浩叹，乃有巨蝎当帏蹲。

醉歌寄洪华峰[①]

我家君家不半里，中间只隔白云[②]渡。相思即访无常期，饮酒辄醉无好步。街衢贩贩曳手嬉，往往反触醉人怒。君才真怀如意珠，晔如春华裛[③]春露。及至慷慨挥千言，不知何来鬼神助。谓我

① 洪华峰，即亮吉。

② 白云，谓白云溪。

③ 裛，通“浥”，沾湿。

作人有好处，谓我作诗有好句。口虽直任心则惭，聊以脱略祛世故。我今苦作乞食翁，悲欢或与魂梦通。自分孤云向江海，谁知倦翮投樊笼。黄山[①]三十有六峰，倒压练海铺心胸。嵚崎崱屴[②]吐不尽，若不一举万里非人雄。狂言何事忽脱口，为倾斗酒枯肠中。

短歌别华峰

前年送我吴陵[③]道，三山潮落吴枫老[④]。今年送我黄山游，春江花月[⑤]征人愁。啼鹃声声唤春去，离心催挂天边树。垂杨密密拂行装，芳草萋萋碍行路。嗟予作客无已时，波声拍枕长相思。鸡鸣喔喔

---

① 黄山，在今安徽黄山市北，有三十六峰。

② 嵚崎崱屴，山高峻貌。

③ 吴陵，古县名，在今江苏泰州市。陈基《泰州》诗："吴陵古名邦，利尽扬州域。"

④ 三山，在今江苏南京市西南，长江东岸。又名护国山。《太平寰宇记》："其山积石，滨于大江，有三峰，南北接，故曰三山。旧为吴津所。"李白《登金陵凤凰台》诗："三山半落青天外。"吴枫，崔信明句："枫落吴江冷。"

⑤ 春江花月，乐府有《春江花月夜》，陈后主作，亡。今传隋炀帝及唐张若虚辞。

风雨晦[1]，此恨别久君自知。

捕虎行

枢星[2]夜落号空山，青枫飒飒阴云寒。千岩出没不可测，白昼足迹留荒滩。商人结队不敢过，山中捕者夜还坐。祖父留与搏虎方，搏得壮虎作奇货[3]。山人捕虎若捕狗，虎踏机弓怒还走。咆哮百步仆草间，笑出缚之只空手。捕虎先祭当头伥[4]，伥得酒食忘虎伤。虎皮售人肉可食，当年亦是山中王。入阱纷纷不可数，只呼山猫不呼虎。嗟哉凭藉那可无，使君[5]使君尔何苦！

---

① 鸡鸣风雨，《诗 · 郑风 · 风雨》："风雨如晦，鸡鸣不已。"

② 枢星，北斗第一星。《春秋运斗枢》："枢星散而为虎。"

③ 奇货，《史记 · 吕不韦列传》载子楚质于赵，吕不韦见之，曰："此奇货可居。"

④ 伥，古代传说中被老虎咬死的人变成鬼又助虎伤人。

⑤ 使君，《述异记》载汉宣城郡守封邵化虎，食郡民。时人语曰："无作封使君，生不治民死食民。"《虎荟》："张禹山诗曰：'昔日汉使君，化虎方食民。今日使君者，冠裳而吃人。'又曰：'昔日虎使君，呼之即惭止。今日虎使君，呼之动牙齿。'"故诗称虎为使君。

题桃花流水图用陈其年[①]为乔编修赋韵

何人图此七尺练[②]，一舸坐我春江中。春江忽失鸭头绿[③]，为有万树缃桃[④]烘。维时花光共水气，拍作一片朝霞融。岂止染透木兰楫，直欲映到珊瑚宫。耳边仿佛闻欸乃[⑤]，橹声划碎波心红。复有几点随橹去，白鹭飞起苍烟空。意者此即武陵[⑥]路，扁舟摇入烟波丛。画笔难到避秦处，故少鸡犬和儿童。[⑦]不然人间岂得此，化手作意摹玲珑。又或寻溪到刘阮[⑧]，片片引入仙源中。琼浆玉液出丹室[⑨]，云

① 陈其年，名维崧，清宜兴人，陈贞慧子。康熙时，召试博学鸿词，授检讨。所著曰《湖海楼集》。

② 练，素，帛。

③ 鸭头绿，《急就篇》："春草鸡翘凫翁濯。"颜师古注："春草、鸡翘、凫翁，皆谓染彩而色似之。若今染家言鸭头绿、翠毛碧云。"

④ 缃桃，《花谱》："千叶桃为缃桃。"杜牧《朱坡》诗："火燎缃桃坞。"

⑤ 欸乃，ǎinǎi，行船橹声。唐元结有《欸乃曲》。

⑥ 武陵，陶潜《桃花源记》，托于武陵渔人。武陵，在今湖南常德市。

⑦ 详见《桃花源记》。

⑧ 刘阮，汉刘晨、阮肇，入天台采药，溪边有二女子，忻然如旧相识。见《神仙记》。

⑨ 丹室，神仙之所居。

鬟雾髻临青铜[①]。不知此外已几世，有似弩箭初辞弓。[②]鸣呼！倘得此地绝人境，遑问窈窕和淳丰。移家径拟画中住，庶几一与仙灵通。不然亦当手提钓竿去，看到夹岸成青葱。手中泼刺鳜鱼起[③]，一笑天地皆春风。

短歌行[④]

西山红日东山雷，西家歌舞东家哀。峨峨壮士惨白昼，修修蛾眉恋长漏。青枫日黑磷夜明，疑狐折胁猛虎吼。陵原兮荒荒，今古兮慨慷。羲和轮碎银蟾死[⑤]，此间愁杀赤松子[⑥]。

---

① 青铜，镜。

② 此言年代之速，即俗云“光阴如箭”之意。

③ 张志和《渔父词》：“西塞山前白鹭飞，桃花流水鳜鱼肥。青箬笠，绿蓑衣，斜风细雨不须归。”

④ 短歌行，乐府平调曲。《乐府解题》：“魏武帝‘对酒当歌，人生几何’，晋陆机‘置酒高堂，悲歌临觞’，皆言当及时为乐也。”

⑤ 羲和，日驭。银蟾，月。

⑥ 赤松子，古仙人。《史记·留侯世家》：“愿弃人间事，欲从赤松子游耳。”

游四明山放歌[①]

赤城[②]峨峨一千丈，欲走东海连蓬莱[③]。望洋[④]忽勒千里足，怒气倒激成潆洄。太阴冱结惨不泄，仅有一窦从天开。四明之号自兹始[⑤]，其脉本自天台来。绵亘七邑，为里八百，三百八十，芙蓉[⑥]崔

---

① 按黄逸之新著《年谱》，“（乾隆）三十四年己丑，先生二十一岁”条下，有“继又由新安返武林，遂复浪游越中诸山水。上会稽，探禹穴，登四明山放歌，观海镇海城楼”。则此诗作于己丑。四明山，在浙江省东部的宁绍地区，也称金钟山，跨越绍兴嵊州、上虞及宁波余姚、鄞州、奉化五市区，主峰位于嵊州市境内。《读史方舆纪要》：“《唐六典》：‘江南道名山曰四明。’山凡二百八十峰，四面形胜，各有区分，中通一溪曰簟溪。群峰之中，有分水岭。石窗四面玲珑，……中通日月星辰之光，亦名四窗，故曰四明。”

② 赤城，山名。《十道山川考》：“天台山在台州天台县北十里，高万八千丈，周旋八百里。其山八重，四面如一。赤城山在县北六里，天台之南门也。”

③ 蓬莱，仙山名，在渤海中。见《史记·封禅书》。

④ 望洋，《庄子·秋水》：“（河伯）顺流而东行，至于北海，东面而视，不见水端，于是焉河伯始旋其面目，望洋向若而叹曰：‘……今我睹子之难穷也。’”《释文》“望”作“盳”，本亦作“望”，云：“盳洋犹望羊，仰视貌。”按《孔子家语》：“旷如望羊。”注：“望洋，远视也。”

⑤ 见注一。

⑥ 芙蓉，谓山峰。《方舆胜览》：“衡山五峰，芙蓉最为竦杰，非晴不见。”此言芙蓉，借喻耳。

嵬。道书六六兹第九[①]，丹山赤水何雄哉！三菁二韭[②]恍可掬，际天浅黛浮云隈。羊蹲牛伏愁錭镂，大晦小晦争奇瑰。罾囊所注究何物？灵气郁结凝胚胎。阴晴瞥眼倏易候，高下指臂交钩排。峭壁一劈忽千仞，独鹤吊影愁猿猜。依稀毋乃鬼斧凿，窈冥若有神丁锤。或如神龙忽掉尾，或若铁骑宵衔枚。或如丈夫倚长剑，仰看白日心余哀。或如华堂敞高会，玉山渐渐东西颓[③]。或如美女将进酒，凝睇却立擎瑶杯。忽或纂组杂婉娩[④]，忽或旗鼓纷旋回。蹮跜[⑤]变化不可以笔述，势掩赤柱驱风雷。星

---

① 六六，谓三十六峰。道书列四明第九，未详。校订者按：司马承祯的《上清天宫地府图经》将四明山列入三十六小洞天中。书载第九四明山洞，名“丹山赤水天”。

② 三菁二韭，谢灵运《山居赋》：“二韭、四明，五奥、三菁。”注：“二韭、四明、五奥，皆相连接。奇地所无，高于五丘，便是海中三山之流。韭以菜为名。四明、方石，四面自然开窗也。五奥者，昙济道人、蔡氏、郗氏、谢氏、陈氏各有一奥，皆相掎角，并是奇地。三菁，太平之北。”

③ 玉山颓，《世说新语·容止》：“嵇叔夜之为人也，岩岩若孤松之独立；其醉也，傀俄若玉山之将崩。”

④ 纂组，赤色的绶带。《汉书·景帝纪》：“锦绣纂组。”婉娩，《新唐书·虞世南传》：“文章婉缛。”

⑤ 蹮跜，《玉篇》：“虬龙动貌。”

辰绝顶手堪摸，银河贴天声喧豗。沧桑变迁运指掌，琉球日本数点青如苔。阆风[①]一夜飞至此，日月照耀金银台。空中步虚[②]夜深落，金支翠羽光徘徊。宛延神物国其下，击斗往往苍崖摧。阴霾贼雾黝深窟，上有云气征祥灾。渴虬饥鳄恣拏攫，苍麋玄豹和黄能[③]。丹葩琪草四时绿，贝多[④]一树何人栽？如拳黄独[⑤]遍幽谷，生啖不用松枝煨。胡麻满地亦可饭[⑥]，女萝作衣[⑦]无须裁。石屏丹灶孰屏当[⑧]，

---

① 阆风，山名，仙人所居，在昆仑之巅。见《海内十洲记》。

② 步虚，道士唱经礼赞。许浑《记梦》诗："晓入瑶台露气清，天风吹下步虚声。"按《吴苑记》："陈思王游鱼山，闻岩里有诵经声，清远寥亮，因使解音者写之，为神仙之声。道士效之作步虚声。"

③ 黄能，能，传说中的一种像熊的野兽。《国语·晋语》载平公有疾，梦黄能入于寝门。

④ 贝多，树名，棕榈之类，五印度皆有之。其叶可裁为纸，用以写经。见《一切经音义》。

⑤ 黄独，一名土芋，皮黄肉白，可蒸食。杜甫《乾元中寓居同谷县作歌七首》诗："黄独无苗山雪盛。"

⑥ 胡麻饭，《续齐谐记》载永平中，刘晨、阮肇入天台山采药，见二女，颜容绝妙，便唤刘、阮姓名，因邀过家，设胡麻饭与食之。按胡麻，即脂麻，俗称芝麻。相传张骞得其种于西域，故曰胡麻。

⑦ 女萝衣，马戴《山中兴作》诗："袅袅女萝衣。"按《楚辞·九歌·山鬼》："若有人兮山之阿，披薜荔兮带女萝。"马诗本此。女萝，一名松萝。《诗·小雅·頍弁》："茑与女萝，施于松柏。"

⑧ 丹灶，炼丹之灶。屏当，谓收拾安置。《晋书·阮籍传》："有诣（祖）约，见正料财物，客至，屏当不尽。"

《霓裳》[①]何处相追陪？呜呼！人间果有宅仙处，至此那得留形骸。昔闻句余[②]东南擅名胜，瀛壶[③]最近兹其推。寻真惝恍得灵躅，此处曾隐仙人梅[④]。谢公[⑤]万夫凿不得，阮刘[⑥]遗迹空沉埋。古人一一呼不应，徒使后死慷慨愁心怀。终当披发谢尘鞅[⑦]，冥心决凿山中坏[⑧]。丹文秘记有时见，何必岁岁穿芒鞋。狂歌忽卷海霞出，正值鹤驭[⑨]风中回。

---

① 霓裳，唐明皇时有《霓裳羽衣曲》，或言叶法善引明皇入月宫，闻乐归，写其半。则霓裳，本仙乐也。

② 句余，即句吴。《史记·吴太伯世家》：“太伯之奔荆蛮，自号句吴。”

③ 瀛壶，谓瀛洲。海中三山，一方壶，则方丈也；二蓬壶，则蓬莱也；三瀛壶，则瀛洲也。见《拾遗记》。

④ 自注：“福尝隐此。”按梅福，汉寿春人。少学长安，通《尚书》《穀梁春秋》，为郡文学，补南昌尉，数上书言事。及王莽专政，弃妻子去，传以为仙。

⑤ 谢公，谓谢公山，即青山，在今安徽当涂县东南。谢朓尝筑室山南，故名。

⑥ 阮刘，见前页注六。

⑦ 尘鞅，谓羁束于尘俗之事。刘长卿《游四窗》诗：“对此脱尘鞅，顿忘荣与辱。”

⑧ 凿坏，指隐遁。扬雄《解嘲》：“故士或自盛以橐，或凿坏以遁。”注：“鲁君闻颜阖贤，欲以为相，使者往聘，因凿后垣而亡。坏，壁也。”

⑨ 鹤驭，仙人之车。白居易《寄李相公崔侍郎钱舍人》诗：“曾陪鹤驭两三仙。”

陌上行

青青陌上桑，轧轧机中素。织成理清镜，缄芳自翔顾。少小生贫家，不识门前路。门前杨柳吹暮烟，门前细草春可怜。一朝物色[1]自天上，香车宝毂如流泉。徘徊自诀爷娘侧，嚬蹙依然好颜色。尽道侯门七叶[2]豪，朝朝暮暮皆寒食[3]。十里明灯簇锦毬，珠围翠绕不胜柔。两行玉甲时黏指[4]，十二金钗自上头。郎君挟弹城南曲，鸣镝飞标共驰逐。归来笑脱紫貂裘，更拥红妆出丝肉[5]。豪华驺从日喧阗，醉蹴民居不论钱。此时渐愁红日暮，城中看花花如烟。建章门外栖乌起[6]，落花

---

① 物色，察访人物。

② 七叶，《汉书·金日磾传》："七叶内侍，何其盛也！" 谓七世贵盛也。

③ 寒食，《太平御览》引刘向《别录》："寒食蹋蹴。"句谓朝暮为蹋蹴之戏也。故下句"十里明灯簇锦毬"，非通常所云清明寒食之意也。

④ 玉甲，黄庭坚《更漏子》词："体妖娆，鬟婀娜，玉甲银筝照座。"玉甲，弹筝之用。时黏指，谓不离手。

⑤ 丝，谓丝竹，乐器。肉，谓歌喉。

⑥ 建章，西汉有建章宫，千门万户。在未央宫西。见《三辅黄图》。栖乌起，言乱作也。

流出铜沟[①]里。六宫金粉有时休，钿合珠襦道旁委。仓皇易服走东西，蹙损腰肢不敢啼。早知此日高门累，不及相从田舍儿。

山店独饮苦无美酒薄醉题壁而去

百钱挂杖[②]入荒肆，肆儿奉我如奉神。苦乏嘉酿易者屡，陋不可掩如家贫。幸我饮量亦易满，十以当一面亦醺。醺然独立日将暮，万壑残雪寒嶙峋。蹇驴龁草系枯树，儿欲就道行逡巡。忽叹百年似驹隙[③]，荒僻再到知何辰？回看败壁起泼墨，聊以踪迹留风尘。欹斜仅有数行字，实抱幽恨盘轮菌[④]。他年倘有步兵[⑤]辙，此地曾漉陶潜巾[⑥]。

---

① 铜沟，谓禁城御沟铜砌也。

② 百钱挂杖，《世说新语·任诞》："阮宣子常步行，以百钱挂杖头，至酒店，便独酣畅。虽当世贵盛，不肯诣也。"

③ 驹隙，《史记·留侯世家》："人生一世间，如白驹过隙。"

④ 轮菌，同"轮囷"，委曲盘戾。《汉书·邹阳传》："蟠木根柢，轮囷离奇。"

⑤ 步兵，晋阮籍，官步兵校尉。嗜酒放荡。

⑥ 陶潜巾，《宋书·隐逸传》："郡将候（陶）潜，值其酒熟，取头上葛巾漉酒，毕，还复着之。"

卷三　杂言古

莫打鸭

莫打鸭，打起鸳鸯睡。鸳鸯飞去尚成双，落得芙蓉妾心碎。

寒夜曲

客苦吟，云阴阴。客吟苦，天亦雨。雨淅淅，风凘凘，孤灯萦曳刮作丝，欲灭不灭饥鼯疑。风大起，雨忽止，冻鼓无声破柝死。深巷小儿呱呱啼，床头阿母知未知？

短歌

清江弥弥，白石粲粲。小星荧荧，大星烂烂。

豢龙不如鳅虾，笯[1]凤不如凫雁。贱修不如贵夭，饥聚不若饱散。

对酒歌二篇

仓仓皇皇，壮士泣路旁。欲上太行兮冰折毂[2]，乃浮沧溟兮，水浩浩其无梁。一解。有何神之君，鞚彼飞练？缥旌流云兮，闪骑争电。明明在前，倏乃无见。二解。朝吁暮咍，邪气内陷，肝肠四摧。匪有此七尺，而谁之哀？三解。青天为车，日月为轮。载我百年，辗转苦辛。我欲摧之，为朝餐之薪。[3]四解。

纠兮结兮，有气如霓。知不可久留兮，吐吐苦饥。一解。谁谓殇子夭，彭咸为寿？[4]驱车出郭门，狐九尾[5]，蛇两首[6]，啖人骨如饴。古人云死欲速

---

① 笯，nú，鸟笼。《楚辞·怀沙》："凤皇在笯兮，鸡鹜翔舞。"

② 曹操《苦寒行》："北上太行山，艰哉何巍巍！羊肠坂诘屈，车轮为之摧。"

③ 摧车为薪，暗用《晋书·荀勖传》荀勖言"劳薪"故事。详七律《杂感》第三章注。

④《庄子·齐物论》："莫寿于殇子，而彭祖为夭。"按彭祖，古之长寿者。殇子，未成人而死。彭咸，殷贤臣，与彭祖异。

⑤ 狐九尾，《逸周书》："青丘狐九尾。"

⑥ 蛇两首，《尔雅》："枳首蛇。"郭璞注："岐头蛇也，或曰：今江东呼两头蛇。"

朽[①]。二解。渺虑八埏，灵光四来。我乃逐于物而颜灰。三解。尧舜在上，许由洗耳[②]。凤凰不祥，羽毛祸体。[③]四解。乃云少原[④]之野，阆风[⑤]之丘。有亩兼为圃兮[⑥]，垒玉为楼[⑦]。不见夫西王母之戴胜穴处兮[⑧]，夫何有异乐之可求！五解。

楚歌行

琳琳琅琅，洞开金房。铿铿锵锵，中调丝簧。主人将罢直[⑨]，归从承明[⑩]，轩旌曷来兮出门望。堂前

---

① 死欲速朽，见《礼·檀弓上》。

② 洗耳，《高士传》："尧又召为九州长，由不欲闻之，洗耳于颍水滨。"

③ 此即祖鸿勋《与阳休之书》"象由齿毙，膏用明煎"之意。

④ 少原，《楚辞·惜誓》："乃至少原之野兮，赤松王乔皆在旁。"

⑤ 阆风，《楚辞·离骚》："登阆风而绁马。"《海内十洲记》："（昆仑）山三角，其一角正北，干辰之辉，名曰阆风巅。"

⑥ 按《拾遗记》："昆仑山第九层山形渐小狭，下有芝田蕙圃，皆数百顷，群仙种耨焉。"《广异记》："仙都有芝圃，悉种灵芝。"兼圃，未详。

⑦ 玉楼，《海内十洲记》："（昆仑）山……其一角有积金，为天墉城，面方千里。城上安金台五所，玉楼十二所。"

⑧ 西王母，《穆天子传》载周穆王好神仙，觞西王母于瑶池之上。胜，首饰。

⑨ 罢直，谓殿庭直宿已毕。

⑩ 承明，古代天子左右路寝。

翘足珠履客[①]，窗中卷帏红袖色。起视府中，府中屏息。忽传收者将到门，金炉香爇酒正温。群奴仓皇客引起，来时浮云去时水。

墙上蒿

墙上蒿，托身何高高。托身虽高托根孤，主人家有屋上乌。乌饥墙头啄寒虫，啄蒿飘飘堕随风。主人虽爱惜，不能使乌不得食。乌得食，乌高飞。同作寄人活，彼此何用相仇为！

古歌

豹兮苦廉，狼兮苦贪。狼心忧饥，豹身忧肥。狼有膏[②]而戕其躯兮，豹亦忧其有皮[③]。疑斯用顾[④]，

---

① 珠履客，《史记·春申君列传》："春申君客三千余人，其上客皆蹑珠履。"

② 狼膏，《周礼·天官》"兽人……冬献狼夏献麋"注："狼膏聚，麋膏散。聚则温，散则凉。以救时之苦也。"

③ 豹皮，《新五代史·王彦章传》："豹死留皮，人死留名。"

④ 疑顾，狼性怯，走常还顾。《史记·苏秦列传》："秦虽欲深入则狼顾，恐韩、魏之议其后也。"

智则隐雾[①]。同空山之岩岩[②]兮，无相见之眈眈[③]兮。

主客行

杯来何迟，杯来何迟！主人见之，主人笑相告：匪杯之迟，而饮之速。客起语主人：主人切勿生怒嗔。人生处世上，奄忽如浮尘。东家郎，西家女。晨考[④]钟，夕伐鼓。吾楚歌，若楚舞。[⑤]人如龙，骑如虎。朝红颜，暮黄土。朝红尘，暮白雨。人生至此，云何不伤？今夕何夕，登君之堂。登君之堂饮君酒，愿君子孙累累印，若若绶！[⑥]客行千觞主人寿。

---

① 隐雾，《列女传》："南山有玄豹，雾雨七日而不下食者，何也？欲以泽其毛而成文章也。故藏而远害。"

② 岩岩，《诗·鲁颂·閟宫》："泰山岩岩，鲁邦所詹。"又《世说新语·容止》："山公曰：'嵇叔夜之为人也，岩岩若孤松之独立。'"

③ 眈眈，《易·颐》："虎视眈眈，其欲逐逐。"

④ 考，击。《诗·唐风·山有枢》："弗鼓弗考。"

⑤《汉书·张良传》载帝谓戚夫人曰："为我楚舞，吾为若楚歌。"

⑥《汉书·石显传》："印何累累，绶若若邪！"累累，相连系之貌。若若，下垂貌。绶，组，以承受印环者。

寻墓篇为程仲南[①]作

出亦悲，入亦悲。儿悲不为寒，儿悲不为饥。问之旁人那得知！一解。父一而已，母有前后。生我者父，夫父即母。母死不得母葬所，苍苍之天实谁咎！二解。一灯荧荧，父病在床。顾语七岁儿，他时归母葬故乡。于何求之询渭阳[②]，于何询之之朐阳[③]。三解。朐阳十万户，一一歌钟起。问我舅氏家，老成已谢孤子死。借问旧乡里，呼名半人鬼。母墓不可得，不得墓兮不可以为子。四解。朝出郭门望，暮出郭门望。泪痕着树树枯死，芳草为不芳。谁何白须一老翁，指点抔土沙堤旁。几年寒食无酒浆，几年野火驱牛羊。人言此事五十有余载，今得归母葬故乡。五解。儿寒不愁，儿饥不愁。儿名不欲传万口，儿事不欲传千秋。愿人寻墓墓即得，吁嗟此意无人识！六解。

---

① 程仲南，名云槎，寿州（今安徽寿县）人。

② 渭阳，谓舅也。《诗·秦风·渭阳》：“我送舅氏，曰至渭阳。”

③ 朐阳，朐山之阳。朐山，在今江苏连云港市西南。秦置朐县，故城在今江苏连云港市海州区。

乌岩图歌为李秋曹威[①]作

乌尔何来！尔胡不向朱门大第啄粱粟？又胡不向荒郊败冢饱肠肉？胡为只向苍苍之林，幽幽之山，乱石荦确，飞泉潺湲，萧凉幽阒人世不争处，尔乃乌乌哑哑下上于其间？尔亦不畏羽林[②]弹，尔亦不接行人[③]丸。尔亦不坐秦氏桂[④]，尔亦不萃曾参冠[⑤]。飞飞不出此山里，朝飞向日晡飞还。巢中老乌毕逋尾[⑥]，一年生有八九子。子出望子归，得食声则喜。嗟尔乌！尔昔初作黄口[⑦]雏，张口待食为尔心力痡。今乃羽翼成长，群飞叫呼。尔今反哺，尔乐何只且[⑧]！林之深兮翳不疏，山之娟兮腴不枯。下

---

① 李威，字畏吾，龙溪（今福建漳州市）人。乾隆戊戌进士，官刑部主事。

② 羽林，禁卫之名称。汉武帝置建章营骑，后更名羽林。

③ 行人，官名，掌朝觐聘问之事。周官有大行人、小行人，属秋官。

④ 秦氏桂，古乐府《乌生八九子》："端坐秦氏桂树间。"《乐府解题》："言乌母子本在南山岩石间，而来为秦氏弹丸所杀。"

⑤ 曾参冠，《孔子家语》载曾子至孝，三足乌栖其冠。

⑥ 毕逋尾，《后汉书·五行志》："桓帝之初，京都童谣曰：'城上乌，尾毕逋。公为吏，子为徒。'"

⑦ 黄口，言尚幼也。《说苑》："孔子见罗者，其所得者皆黄口也。"

⑧ 且，jū。只且，语余声。《诗·王风·君子阳阳》："其乐只且。"

有一人翛然臞，平生慕乌爱乌而敬乌。效乌反哺乌不孤，听我歌作《乌岩图》。

送远曲

烟霏霏，水弥弥，郎帆一开数千里。钱塘江头风雨寒，郎行且止郎衣单。冯夷[①]鼓急怒潮吼，为郎一歌《行路难》[②]。《行路难》，歌中断，未别郎行带围缓[③]。目力有尽征途遥，忆郎时长梦时短。风兮萧萧，雨兮冥冥。但能使妾颜色老，不能使郎罢长征。

独鹤行简赵味辛兼示洪对岩[④]

独鹤独鹤，神清骨臞，翮短力薄。不能声闻

---

① 冯夷，水神。

② 行路难，《乐府诗集》："《乐府解题》曰：'《行路难》，备言世路艰难，及离别悲伤之意，多以君不见为首。'按《陈武别传》曰：'武常牧羊，诸家牧竖有知歌谣者，武遂学《行路难》。'则所起亦远矣。"

③ 缓，宽。《古诗十九首》："衣带日已缓。"

④ 赵味辛，名怀玉，字亿孙，号映川，武进人，乾隆庚子召试举人，官青州府同知。洪对岩，即稚存。

天[①]，反为病投幕。昔傍野宾子[②]，来直商山君[③]。蒙君赐拂拭，谓是烟霞群。一朝秋风起林末，顾影徘徊忽相失。朝飞暮飞不得停，独向关山唳明月。独鹤汝不见支公爱汝铩汝翮[④]，三年轩翥[⑤]飞不得。胡为忽有凌霄心，警风露兮向寂灭。汝亦莫羡丁令威[⑥]，千秋归去城郭非。青田双老[⑦]更堪念，留巢拔氅良

① 声闻天，《诗·小雅·鹤鸣》：“鹤鸣于九皋，声闻于天。”

② 野宾子，谓猿也。《王氏见闻录》：“王仁裕从事汉中，有献猿儿者，小而慧黠，名曰野宾，呼之则应。”按古人“猿鹤”并称，如《抱朴子》“君子为猿鹤”，鲍照《石帆铭》“徒悲猿鹤”，苏轼《夜直秘阁呈王敏甫》诗“北山猿鹤漫移文”，《宋史·石扬休传》“平居养猿鹤”，故诗言“昔傍”。

③ 商山君，未详何指。校订者按：在唐诗中，因商山道为沟通南北的必行之处，以及商山四皓的典故，故诗歌中涉及商山的很多，皆以贬谪、咏史以及慨叹个人遭际为鲜明主题，此处“商山君”可能指像商山四皓那样的隐逸者。

④ 支公铩汝翮，《世说新语·言语》载支公好鹤。有人遗其双鹤，少时翅长欲飞，支意惜之，乃铩其翮。鹤乃反顾翅，垂头。视之，如有懊丧意。林曰：“既有凌霄之姿，何肯为人作耳目近玩？”养令翮成，置使飞去。按支公名遁，字道林，为晋名僧。

⑤ 轩翥，飞举貌。《楚辞·远游》：“鸾鸟轩翥而翔飞。”

⑥ 丁令威，《搜神后记》：“丁令威本辽东人，学道于灵虚山，后化鹤归辽，集城门华表柱。时有少年举弓欲射之，鹤乃飞，徘徊空中而言曰：‘有鸟有鸟丁令威，去家千年今始归。城郭如故人民非，何不学仙冢累累？’”

⑦ 青田双老，《永嘉记》：“青田双白鹤，年年生，伏子长，便去。”

可悲。人事类如此，得主亦已矣。终当复飞还，伴君白云里。白云杳杳波粼粼，哀音激羽君当闻。昔时伴侣可无恙，更为一问袁参军[①]。

古歌

曒曒日光，不入大厦而入蔀屋[②]。狰狰鸱枭，不栖高林而止恶木。猛虎生地，蚩尤上天。不磷不淄[③]，君子其有焉。

---

① 袁参军，晋袁宏，字彦伯，阳夏人。有逸才，文章绝美。少孤贫，以运租自业，谢尚为安西将军，引宏参其军事。后为桓温记室。太元初为东阳太守。按诗指洪稚存。

② 蔀屋，《易》："丰其蔀。"注："蔀，覆暖，障光明之物也。"

③ 磷，lìn，薄损。《论语·阳货》："磨而不磷。"淄，应作"缁"，黑色。杜甫《别崔潩因寄薛据孟云卿》诗："如何久磨砺，但取不磷缁。"

卷四　五言律

初春[①]

未觉毡炉暖，旋怀柑酒[②]新。池台平入夜，原野渺含春。物外欣然意，风前现在身。中宵感幽梦，冰雪尚嶙峋。

遇王大邦誉[③]

不是逢摇落，谁知宋玉愁。及关方浩叹，出峡

① 是诗为《两当轩集》开卷第一篇。起乾隆二十八年癸未。是年，先生十五岁。

② 柑酒，《云仙杂记》："戴颙春携双柑斗酒，人问何之，曰：'往听黄鹂声。此俗耳针砭，诗肠鼓吹，汝知之乎？'"

③ 王大邦誉，《先友爵里名字考》："未详。"

又扁舟。驿路成倾盖[①]，霜天各敝裘[②]。萧萧词客鬓，几度异乡秋。

春夜闻钟

近郭无僧寺，钟声何处风？短长乡梦外，断续雨丝中。芳草远逾远，小楼空更空。不堪沉听寂，天半又归鸿。

遇伍三[③]

君问十年事，凄然欲断魂。一无如我意，尽可对君言。刖屡足犹在[④]，鞭多舌幸存[⑤]。相期著书好，

---

① 倾盖，《孔子家语》：“孔子之郯，遭程子于途，倾盖而语终日，甚相亲。”盖，车盖。谓行道相遇，并车对语，两盖相切而下倾也。

② 敝裘，《战国策·秦策一》载苏秦始将连横说秦王，书十上而说不行，黑貂之裘敝，黄金百斤尽。

③ 伍三，疑即伍既庭，名宇澄，阳湖（今江苏常州市）人。见《先友爵里名字考》。

④ 卞和尝得玉璞于楚山中，献之厉王，以为诈，刖其左足。武王时复献之，又以为诈，刖其右足。及文王即位，和抱璞哭。王使玉人琢之，果得宝焉，名曰和氏之璧。见《韩非子》。

⑤ 张仪游说诸侯，尝从楚饮。楚相亡璧，门下曰：“仪贫无行，必此盗相君之璧。”执仪，掠笞数百，不服，释之。仪谓其妻曰：“视吾舌尚在不？”其妻笑曰：“舌在也。”仪曰：“足矣。”入秦，得见秦惠王，以仪为相。见《史记·张仪列传》。

归去掩蓬门。

月下杂感二章录一

明月几时有？人间何事无。倾城顾形影[①]，壮士抚头颅。方寸谁堪比，深宵我共孤。感君行乐处，分照及蓬庐。

湘江夜泊[②]

三十六湾水，行人唤奈何！楚天和梦远，湘月照愁多。霜意侵芳若[③]，风声到女萝[④]。烟中有渔父，隐隐扣舷[⑤]歌。

---

① 倾城，谓美人。李延年歌："北方有佳人，绝世而独立。一顾倾人城，再顾倾人国。宁不知倾城与倾国，佳人难再得！"顾影，自矜其美。《三国志·魏书·何晏传》裴松之注引《魏略》："粉白不去手，行步顾影。"

② 按《年谱》，乾隆三十四年己丑，先生二十一岁。冬谒湖南按察使王公太岳，客其幕中。是诗当作于是时。

③ 芳若，《楚辞·九歌·湘君》："采芳洲兮杜若。"杜若，香草。

④ 女萝，《诗·小雅·頍弁》："茑与女萝，施于松柏。"

⑤ 扣舷，郭景纯《江赋》："咏采菱以扣舷。"

寄丽亭[①]三章

书疏经年阔，乡关共远天。遥知一桥下，时泊五湖船。[②]湘草已堪折，塞鸿何处边。飘零吾分定，愁煞路三千。

君问长沙地，荒凉尔未经。迎神犹故曲[③]，赋鹏[④]尚空庭。魑魅[⑤]天南产，文章地下灵[⑥]。忧生兼吊古，那不鬓星星！

每放登高恸，浮云为惨凄。湖[⑦]吞全楚尽，天压百蛮[⑧]低。才命古难一，行藏我欲迷。怀人原有

---

① 丽亭，仇养正字，榜名永清，号一鸥，仁和（今浙江杭州市）人，乾隆丁酉举人，官桐庐训导。

② 原注："君门前桥名一桥，余至武林，每舣舟焉。"

③ 迎神，楚俗信鬼好祠，其祠必作乐，屈原因为作《九歌》之曲。按"故曲"指此。

④ 赋鹏，《西京杂记》："贾谊在长沙，鹏鸟集其承尘。长沙俗以鹏鸟至人家，主人死，谊作《鹏鸟赋》，齐死生，等荣辱，以遣忧累焉。"

⑤ 魑魅，《左传·文公十八年》："投诸四裔，以御魑魅。"注谓：魑魅，山林异气所生，为人害者。又谓：魑，山神，兽形；魅，老精物。杜甫《天末怀李白》诗："文章憎命达，魑魅喜人过。"

⑥ "文章"句，指屈原、贾谊之作。

⑦ 湖谓洞庭。

⑧ 百蛮，南夷之总名。《后汉书·明帝纪》："百蛮贡职。"

泪，况听暮猿啼。

耒阳杜子美[①]墓

得饱[②]死何憾，孤坟尚水滨。埋才当乱世，并力作诗人。遗骨风尘外，空江杜若[③]春。由来骚怨地[④]，只合伴灵均[⑤]。

把酒

把酒意如何，深宵幽感多。春心怜径草，生意抚庭柯。名岂身能待，愁将岁共过。由来著书愿，禁得几蹉跎！

池上独饮

偶把池边钓，因看槛外山。孤心遂一往，竟日

---

① 耒阳，今湖南耒阳市，清属湖南衡州府。杜甫，字子美。

② 得饱，《新唐书》载子美因食牛肉过量，醉饱而死。

③ 杜若，香草。《楚辞·九歌·湘君》："采芳洲兮杜若。"

④ 骚怨地，屈原，楚人；子美亦生于襄阳，同为荆楚之地。骚怨，言屈原之作《离骚》也。

⑤ 灵均，屈原字。

未知还。含意待谁解，经春此破颜[①]。陶然已沉醉，梦绕绿萝间。

月中泛小孤山[②]下

烟水月明处，中流一溯洄。湖过彭蠡[③]尽，潮到小孤回。独鹤掠舟过，神鱼听曲来。不知疏柳岸，长笛为谁哀？

一笑

一笑陶然醉，无聊失路人。素心云外月，白眼道旁春。认屐[④]将毋错，悬蛇[⑤]恐未真。催诗且多

---

① 破颜，谓笑也。《五灯会元》："唯迦叶尊者破颜微笑。"

② 小孤山，在今安徽宿松县东南长江边。别于鄱阳湖中之大孤山，故称小孤。

③ 彭蠡，即今江西鄱阳湖。

④ 认屐，《南史·沈麟士传》："尝行路，邻人认其所着屐。麟士曰：'是卿屐邪？'即跣而反。邻人得屐，送前者还之，麟士曰：'非卿屐邪？'笑而受之。"又《宋书·刘凝之传》："有人尝认其所着屐，笑曰：'仆着之已败，令家中觅新者备君也。'此人后田中得所失屐，送还之，不肯复取。"

⑤ 悬蛇，《后汉书·华佗传》："佗尝行道，见有病咽塞者，因语之曰：'向来道隅有卖饼人，萍齑甚酸，可取三升饮之，病自当去。'即如佗言，立吐一蛇，乃悬于车而候佗。"按诗意未详何指。

料，客计未全贫。

杂诗

谋欢知几日，戚戚复何为。交浅讵能怨，情倾为所知。看山宜石骨，听树识风枝。好敛长虹气，浮云不满吹。

舟夜寒甚排闷为此

春江异风候，今昔变炎凉。袍少故人脱[①]，绵余慈母装[②]。寒醒五更酒，浓压一篷霜。此际惟珍重，谁怜在异乡。

夜坐有怀

移席绿阴下，修轩过雨余。风凄萤火定，月洁柳烟疏。对影三人共，思君半枕虚。幽忧长抱膝，良夜待何如？

① 《史记·范雎列传》载范雎仕秦为相。魏须贾使秦，雎微行见之。须贾曰："范叔一寒如此哉！"取一绨袍赠之。

② 孟郊《游子吟》诗："慈母手中线，游子身上衣。"

不寐

不寐忧心折，支颐达夜阑。神虚警微响，屋古动萧寒。气候三秋尽，羁孤一梦难。明朝清镜里，应有二毛[①]看。

客斋偶成

讵有飞鸣志，何因赋自怜？骨臞依槛鹤，诗涩受尘弦。虚壁云光动，寒窗日色鲜。艰难衣食候，无计且高眠。

夜行

踯躅行宵路，苍茫不自愁。无人烟草阔，绕足水泉柔。柝远疑村近，星明识径幽。未知身过处，可有屐痕留？

秋浦[②]怀李白

为爱池鱼美，停车又几时。如何我行处，每见

① 二毛，发白有二色。《左传·僖公二十二年》："君子不重伤，不禽二毛。"

② 秋浦，县名，在今安徽池州市贵池区。

尔题诗。花发清溪馆，苔荒苦竹祠。青天明月在，何处不相思。

寄怀顾文子[①]

纵酒酣嬉日，分明拟向禽[②]。半因行路苦，一阻爱山心。以我营巢拙，怜君入世深。惟将小山桂[③]，珍护待重寻。

复得维衍[④]书二章

不因离别苦，那见旧交真。老母传言切，啼儿入抱驯。[⑤]书开官阁夜，花寄草堂春。等是端忧[⑥]者，输君耐久贫。

---

① 顾文子，名九苞，兴化（今江苏兴化市）人。乾隆辛丑进士。

② 向禽，《后汉书·逸民传》："向长，字子平，河内朝歌人也。隐居不仕，……与同好北海禽庆，俱游五岳名山，竟不知所终。"

③ 小山桂，李商隐《哭遂州萧侍郎二十四韵》诗："秋吟小山桂，春醉后堂萱。"

④ 维衍，左仲甫名辅，字维衍，阳湖（今江苏常州市）人。乾隆癸丑进士，官至湖南巡抚。

⑤ 原注："时君过问家下。"

⑥ 端忧，谢庄《月赋》："陈王初丧应刘，端忧多暇。"

连宵频见梦，呼我病瞿昙[①]。生计关商确，诗歌共苦甘。去魂迷海树，思泪满江潭。相望年如绮，离伤果不堪。

此时

此时持事至，太不近人情。新妇求工苦，侏儒[②]得饱荣。如山文乍积，似雪鬓将成。抱膝聊长叹，犹能咏洛生[③]。

江馆

宾馆梦阑珊，征程次第间。新愁倾柏叶[④]，旧约抚刀环[⑤]。江上千帆雨，淮南一桁山。谁怜衰柳色，

---

① 瞿昙，佛之先世，本姓瞿昙，故称佛为瞿昙。

② 侏儒，《汉书·东方朔传》载朔言：侏儒长三尺余，奉一囊粟；臣朔长九尺余，亦奉一囊粟。侏儒饱欲死，臣朔饥欲死。

③ 洛生咏，《晋书·谢安传》："安本能为洛下书生咏，有鼻疾，故其音浊。名流爱其咏而弗能及，或手掩鼻以效之。"又《顾恺之传》："或请其作洛生咏，答曰：'何至作老婢声！'"《南史·张融传》："獠贼执融，将杀食之。融神色不动，方作洛生咏。"

④ 柏叶，谓柏叶酒。《本草纲目》："道家以之点汤常饮，元旦以之浸酒，辟邪。"

⑤ 刀环，《汉书·李陵传》："立政等见陵，未得私语，即目视陵而数数自循其刀环，握其足，阴谕之，言可还归汉也。"按环、还音同。

憔悴不胜攀？

晓起楼上

甫有鸦惊树，披衣洞竹楼。平怜万家梦，犹压晓云头。独醒①嗟何益，劳生②此暂休。朝霞如可掬，吾愿访丹丘③。

对月感怀

对酒欣相共，钩帘不放遮。低徊问清影，辛苦照谁家？秋士霜前草，春人镜里花。看来俱有尽，终古一长嗟。

赠别沈子孟④ 二章

秋气渐摇落，吾徒合放歌。但看君意得，始觉我言多。曲以无弦韵，颜常不醉酡。自知闻道浅，

---

① 独醒，《楚辞·渔父》："众人皆醉我独醒。"

② 劳生，《庄子·大宗师》："大块载我以形，劳我以生。"

③ 丹丘，《楚辞·远游》："仍羽人于丹丘兮，留不死之旧乡。"注："丹丘，昼夜常明也。"

④ 沈子孟，《先友爵里名字考》但录其名，余未详。

慰我欲如何？

款款芳樽合，迢迢兰夜长。无端成感激，此意在微茫。鹤送三更唳，蟾悬万里光。相思与江水，明日下钱塘。

十八夜

角声风断处，月黑四林秋。危坐忽消烛，高吟欲震楼。涛头盘地转，海气等身浮。尚有越山色，烟中相对愁。

吴山夜眺

高阁倚清虚，深宵纵目初。月浮江郭动，星傍海门疏。泪已干羊祜[①]，情当死伯舆[②]。如何凌绝顶，难挈化人裾？

---

① 羊祜，字叔子，晋南城（今山东平邑县）人。《晋书·羊祜传》："襄阳百姓于岘山祜平生游憩之所，建碑立庙，岁时飨祭焉，望其碑者，莫不流涕。"

② 伯舆，王廞字，晋琅琊（今山东临沂市）人。《世说新语·任诞》："王长史登茅山，大恸哭曰：'琅邪王伯舆，终当为情死！'"

广陵杂诗三章录一

不作扬州梦[1]，时因载酒过。但闻花叹息，似有鬼清歌。城郭黄流[2]近，楼台暮气多。讨春何限好，其奈晚秋何！

春晓

黯黯复沉沉，虚堂拥薄衾。枕边寻断梦，门外酿轻阴。谢识孤花意，归知独雁心。[3]峭寒犹似许，不道入春深。

春感二章

二月不青草，萧然蓟北[4]春。千金无马骨[5]，十

---

① 杜牧《遣怀》诗："十年一觉扬州梦，赢得青楼薄幸名。"

② 黄流，谓水涨时成黄色。或以为即黄河，非。《吴船录》："眉州城外江，即玻璃江也。冬时水色如此。方夏潦，怒涛涨，皆黄流耳。"

③ 原注："二语梦中得。"

④ 蓟北，蓟州之北，泛指北地。

⑤ 千金马骨，《战国策·燕策一》："古之君人，有以千金求千里马者，三年不能得。涓人言于君曰：'请求之。'君遣之。三月得千里马，马已死，买其骨五百金，反以报君。君大怒曰：'所求者生马，安事死马？而捐五百金！'涓人对曰：'死马且买之五百金，况生马乎？天下必以王为能市马，马今至矣。'于是不能期年，千里之马至者三。"

丈有车尘。[①]气尽初为客，心空渐畏人。道旁知几辈，家有白头亲？

亦有春消息，其如雨更风。替愁双泪烛[②]，对语独归鸿。宫阙自天上，家山只梦中。东君[③]最无赖，不放小桃红。

十月一日独游卧佛寺逢吴次升陈菊人[④]因之夕照寺万柳堂得诗六首录四

风色蓟门[⑤]寒，萧条岁又阑。六街飞盖[⑥]满，独客废书叹。旅食谋欢少，清游觅伴难。朝来径孤往，瘦蹇胜雕鞍。

---

① 洪稚存《北江诗话》："黄二尹景仁久客都中，寥落不偶，时见之于诗。如所云'千金无马骨，十丈有车尘'，……可以感其高才不遇、孤客酸辛之况矣。"

② 杜牧《赠别》诗："蜡烛有心还惜别，替人垂泪到天明。"

③ 东君，司春之神。成彦雄《柳枝词》："东君爱惜与先春。"

④ 吴次升，名阶，阳湖（今江苏常州市）人。乾隆甲辰召试二等，官至曹州知府。陈菊人，名宋赋，字秋士，武进（今江苏常州市）人。官湖北知县。

⑤ 蓟门，遗址在今北京市德胜门外。此泛指燕京。

⑥ 飞盖，曹植《公宴》诗："清夜游西园，飞盖相追随。"盖，车盖。

崇南坊角路，侧帽[1]自行吟。市尽天围堞，霜清寺出林。宫云荒碣石[2]，台日澹黄金[3]。幸有故人共，慨然谈古今。

长安棋局外[4]，高卧羡能仁[5]。古礩[6]忘年树，虚龛积寸尘。闭门知客少，退院识僧真。便欲肩行李，从兹寄病身。

夕照何年寺，龚生殡此间。[7]遗文销白蠹，留骨待青山。杯酒生平尽，经年涕泪潸。纸灰风动处，送我出禅关。

---

① 侧帽，《北史·独孤信传》：“（独孤）信在秦州，尝因猎日暮，驰马入城，其帽微侧。诘旦而吏人有戴帽者，咸慕信而侧帽焉。”

② 碣石宫，《史记·孟子荀卿列传》载驺衍如燕，昭王筑碣石宫，身亲往师之。

③ 黄金台，战国时燕昭王筑台于易水东南，置千金其上，延天下士，号黄金台。

④ 杜甫《秋兴》诗：“闻道长安似弈棋，百年世事不胜悲。”言京师时事之推还也。

⑤ 能仁，寺名。原注：“寺佛作卧象。”

⑥ 礩，础，柱脚石。

⑦ 原注：“龚梓树厝所，命僧置酒奠之。”按梓树，名怡，字爱督，武进（今江苏常州市）人。官布政司经历。先生有七律《哭龚梓树》二章。

移家来京师[①]六章

岂是逢时料，偏从陆海居。田园更主[②]后，儿女累人初。四海谋生拙，千秋作计疏。暂时联骨肉，邸舍结亲庐。

全家如一叶，飘堕朔风前。事竟同孤注[③]，心还恋旧毡[④]。妻孥赁舂庑[⑤]，鸡犬运租船。差喜征帆好，相逢泽潞[⑥]边。

① 《年谱》："（乾隆）四十二年丁酉，先生二十九岁，在京师，迎母就养京邸，眷属随侍北行。"按洪《状》云："君自京师贻亮吉书曰：'人言长安居不易者，误也。若急为我营画老母及家累来，俾就近奉养，不至累若矣。'亮吉时奉母孺人忧家居，发其书，资无所出。君向有田半顷，屋三椽，因并质之，得金三镒，俾君之戚护君母北行。"

② 田园更主，即指洪稚存为质田半顷及屋三椽，俾其母北行也。

③ 孤注，宋时契丹入寇，寇准请帝幸澶州。契丹退师，王钦若谮之，曰："陛下闻博乎？博者输钱欲尽，乃罄所有出之，谓之孤注。陛下，寇准之孤注也，斯亦危矣。"见《宋史·寇准传》。

④ 旧毡，《晋书·王献之传》："（献之）夜卧斋中，而有偷人入其室，盗物都尽。献之徐曰：'偷儿，青毡我家旧物，可特置之。'群偷惊走。"

⑤ 赁舂庑，《后汉书·梁鸿传》："遂至吴，依大家皋伯通，居庑下，为人赁舂。"

⑥ 泽潞，指北运河。

长安居不易[①]，莫遣北堂知。亲讶头成雪，儿惊颔有髭。乌金[②]愁晚爨，白粲困朝糜。莫恼啼鸦切，怜伊反哺时。

江乡愁米贵，何必异长安。排遣中年易，支持八口难。毋须怨漂泊，且复话团圞。预恐衣裘薄，难胜蓟北寒。

当代朱公叔[③]，怜才第一人。[④]传经分讲席[⑤]，傍舍结比邻[⑥]。桂玉[⑦]资浮产，盘餐损俸缗。移家如可

① 长安居不易，《全唐诗话》："乐天未冠，以文谒顾况。况睹姓名，熟视曰：'长安米贵，居大不易。'"盖以白名为戏语也。

② 乌金，谓薪炭。

③ 原注："谓笥河先生。"按朱穆，字公叔，后汉南阳宛（今河南南阳市）人。感时浇薄，著《绝交论》。

④ 按《年谱》，乾隆三十六年辛卯，冬复至太平，谒学使大兴朱公筠，遂留幕中校文。又按朱公尝作书与钱竹汀宫詹大昕、程鱼门编修晋芳，谓"甫到江南，即得洪、黄二生，其才如龙泉、太阿，皆万人敌"。又谓"仲则如闲云野鹤"。又按洪稚存《关中送黄二入都》诗注云："余与君早为笥河先生所知，有猿鹤之目。"又按赵渭川员外《校仲则诗付梓有作》注云："昔在笥河师座，有少年以己诗方仲则者，笥河师大噱曰：'仲则天才也。'"

⑤ 指留幕中校文事。

⑥ 先生京寓日南坊西，与朱寓比邻。

⑦ 桂玉，谓薪米。

绘，差免作流民。[①]

贫是吾家物，其如客里何？单门余我在，万事让人多。心迹嗟霜梗，生涯办雨蓑。五湖三亩志，经得几蹉跎！

次韦进士书城[②]见赠移居四首原韵奉酬

旅食欢游少，萧萧阅岁华。有床眠曲尺[③]，无雪赋尖叉[④]。薄笑三辰酒[⑤]，秾羞一窖花。如何此为客，常似未栖鸦。

词坛见韦虎[⑥]，余子尽摧颜。世以科名重，天分

---

① 宋郑侠绘《流民图》，以讽王安石新法，穷极流离失所、愁苦羸瘠之状。

② 韦书城，名佩金，江都（今江苏扬州市）人。乾隆戊戌进士，官凌云知县。

③ 曲尺，白居易《雨夜赠元十八》诗："把酒循环饮，移床曲尺眠。"

④ 尖叉，谓险韵。苏轼有《雪后书北台壁二首》，又《谢人见和前篇二首》，皆用尖字、叉字为韵，为险韵之名作，故有此称。

⑤ 三辰酒，《史讳录》："玄宗置曲精潭，砌以银砖，泥以石粉，贮三辰酒一万车，以赐当制学士等。"

⑥ 韦虎，《南史·临川王宏传》载帝诏宏侵魏，宏闻魏援近，畏懦不敢进。魏人知其不武，遗以巾帼。北军歌曰："不畏萧娘与吕姥，但畏合肥有韦虎。"虎谓韦叡也。按指书城。

岁月闲。读《骚》宜饮水，拄笏且看山[1]。一接清尘末，因之破俗悭。

晴光披暖袄，云色敛灰秸[2]。有客开荒径，期君话冷斋。闲居偏近市[3]，小饮爱临街。幸有论文乐，长安住亦佳。

两年经再徙，何处是吾庐？门换新粘帖，囊携幼读书。留宾犹有榻，奉母每无鱼。惭愧投诗意，相将赋《卜居》[4]。

张鹤柴[5]招集赋得寒夜四声四章录二

负担尔何物，凄声绝可怜。正逢说饼[6]客，坐

① 拄笏看山，《世说新语·简傲》："王子猷作桓车骑参军，桓谓王曰：'卿在府久，比当相料理。'初不答，直高视，以手版拄颊云：'西山朝来，致有爽气。'"

② 秸，jiē。段玉裁《说文解字注》："谓禾茎既刈之，上去其穗，外去其皮，存其净茎，是曰秸。"

③ 近市，《左传·昭公三年》："子之宅近市，湫隘嚣尘，不可以居。"

④ 卜居，屈原有《卜居》篇。

⑤ 张鹤柴，名彤，乌程（今浙江湖州市）人。乾隆丙午举人，官教习。

⑥ 说饼，吴均《饼说》载宋公至长安，得程季，公曰："今日之食何先？"季曰："臣当此景，惟能说饼。"

忆卖饧[①]天。嘂[②]夜疑宵警，胪[③]名恼醉眠。《渭城》[④]休更唱，不值一文钱。卖声。

虎旅[⑤]传何早，蝦更[⑥]报渐深。敲残三市月，迸裂五更心。霜重声逾脆[⑦]，风高响易沉[⑧]。转思秋馆夕，断续闻清砧[⑨]。柝声。

---

① 卖饧，宋祁《寒食假中作》诗："草色引开盘马地，箫声催暖卖饧天。"又《元史·孝友传》："(张旺舅)幼失父，母陈氏居贫守志，旺舅九岁，卖饧以养。"

② 嘂，jiào，高声大呼。《周礼·春官》："夜呼旦以嘂百官。"

③ 胪，唱。

④ 《嘉话录》："刘伯刍言：所居巷口，有鬻饼者，过户未尝不闻讴歌。一旦，召与语，贫窘可怜，因与万钱，欣然持去。后寂然不闻讴歌声。呼至谓曰：尔何辍歌之遽乎？曰：本领既大，心计转粗，不暇唱《渭城》矣。"按《渭城》，王维《渭城曲》诗"渭城朝雨浥轻尘，客舍青青柳色新。劝君更尽一杯酒，西出阳关无故人"，后歌入乐府，以为送别之曲。

⑤ 虎旅，李商隐《马嵬二首》诗："空闻虎旅传宵柝，无复鸡人报晓筹。"按虎旅谓军旅也。《西京赋》："陈虎旅于飞廉，正壁垒乎上兰。"

⑥ 蝦更，蝦，同"蟆"。《事物纪原》："夜行击柝代更筹，曰虾蟆更。"

⑦ 脆，音响清越。

⑧ 骆宾王《在狱咏蝉》诗："风多响易沉。"

⑨ 清砧，捣衣声。

望匡山[①]

白也书堂在，云林似昔时。星辰如可接，猿鹤尚余悲。去作青山[②]家，归虚白首期。怜才意千古，高咏少陵诗。

济南病中杂诗[③] 七章录四

于世一无用，向人何所求？匿名屠贩下，伏枕海山秋。远水通鸥思，长云落雁愁。微躯等蓬累[④]，随处足勾留。

肺病秋翻剧，心忡夜未宁。聪明消患苦，书剑

---

① 匡山，即今江西庐山。杜甫《不见》诗："不见李生久，佯狂真可哀。世人皆欲杀，吾意独怜才。敏捷诗千首，飘零酒一杯。匡山读书处，头白好归来。"

② 青山，在今安徽当涂县东南。李白墓在焉。

③ 《年谱》："（乾隆）四十五年庚子，先生三十二岁，在京师，秋应顺天乡试。移家南还，游山东。"洪《状》："亮吉游京师，君以家室累大困，亮吉复为营归资，俾君妇及子奉君母先回，而君已积劳成疾矣。"

④ 蓬累，《史记·老子列传》："不得其时则蓬累而行。"索隐："头戴物，两手扶之而行，谓之蓬累。"

易参苓。此子久伤气，何方解铸形[①]。辅车[②]犹可识，决目向繁星。

李杜清游在，风流杳莫希。斯人如未死，吾道讵应非。北渚沉寒潦，南山冷翠微。空余昔时月，永夜满征衣。

小住犹为客，吾生亦已劳。补窗驱野马[③]，洗壁画《离骚》。澹日寒逾瘦，孤云懒不高。何因挟枚叟，同话广陵涛。[④]

---

① 铸形，《水经注》：“飞廉神禽，能致风气，古人以良金铸其形。”又按铸形，或即炼形之意。《神仙传》：“仙家有太阴炼形之法，能令日中无影。”又《宋史·甄栖真传》载甄栖真年七十五遇许元阳，语之曰：“汝风神秀异，有如李筌。虽老矣，尚可仙也。”因授炼形养元之诀。

② 辅车，谓颊辅及牙车。《释名》：“颐，或曰辅车。其骨强，可以辅持其口。或谓牙车，牙所载也。”《左传·僖公五年》：“谚所谓‘辅车相依，唇亡齿寒’者，其虞、虢之谓也！”

③ 野马，《庄子·逍遥游》：“野马也，尘埃也。”成玄英疏：“青春之时，阳气发动，遥望薮泽，犹如奔马，故谓之野马。”《梦溪笔谈》：“《庄子》言‘野马也，尘埃也’，乃是两物……野马乃田野间浮气耳，远望如群羊，又如水波。佛书谓‘如热时野马、阳焰’，即此物也。”

④ 枚叟，谓汉枚乘。乘著《七发》，言广陵之涛，可以愈楚太子之疾。

得吴竹桥书趣北行留别程端立[1]二章

乞食江湖客，佣书馆阁身。行藏聊自点，歌哭向谁真？未捧毛生檄[2]，难除庾亮尘[3]。此行吾岂意，可奈尺书频。

暂作平原[4]客，频倾北海[5]尊。半毡[6]分谢朓，

①　吴竹桥，名蔚光，字悊甫，昭文（今江苏常熟市）人。乾隆庚子进士，官礼部主事。程瀓江，名世淳，字端立，歙（今安徽歙县）人。乾隆辛卯进士，官御史。按《年谱》，乾隆四十五年庚子，移家南还，游山东，客程瀓江学使署中。未数月，以武英殿书签例得主簿，仍复入都。

②　毛生檄，《后汉书・刘平等传序》载庐江毛义，家贫，以孝行称。南阳人张奉慕其名，往候之。坐定而府檄适至，以义守令。义奉檄而入，喜动颜色。奉心贱之。及义母死，公车征不至。张奉叹曰："贤者固不可测。往日之喜，乃为亲屈也。"

③　庾亮尘，《晋书・王导传》："时亮虽居外镇而执朝廷之权，……导内不能平，常遇西风尘起，举扇自蔽，徐曰：'元规尘污人！'"元规，庾亮字。

④　平原，战国赵武灵王之子，名胜，封于平原，相赵，好宾客，至者数千人。

⑤　北海，《后汉书・孔融传》载融举北海相，拜太中大夫，性宽容少忌，好士，喜诱益后进，宾客日盈其门。常叹曰："坐上客恒满，尊中酒不空，吾无忧矣。"萧颖士《山庄月夜作》诗："未奏东山妓，先倾北海尊。"

⑥　半毡，《南史・江革传》："（谢）朓尝行还过候革，时大寒雪，见革弊絮单席，而耽学不倦，嗟叹久之，乃脱其所着襦，并手割半毡与革充卧具而去。"

一榻[①]下陈蕃。遁迹才齐右，冲寒又蓟门。将心托鸿爪，到处一留痕。[②]

渡运河

唤渡高城下，斜阳澹一川。旧游仍北上，亲舍已南迁[③]。雁笑冲寒客，云迷望远天。离波逐思泪，流得到门前？

安肃道中[④]

小邑如村落，飞花送客鞍。菜租田上价，柳禁路当官。古调怜车铎，乡心负钓竿。郎山青未了，谁与尽情看？

---

① 一榻，《后汉书·徐稚传》："陈蕃为太守，以礼请署功曹。稚不免之，既谒而退。蕃在郡不接宾客，唯稚来，特设一榻，去则县之。"王勃《滕王阁序》："徐孺下陈蕃之榻。"

② 鸿爪留痕，苏轼《和子由渑池怀旧》诗："人生到处知何似？应似飞鸿踏雪泥。泥上偶然留指爪，鸿飞那复计东西！"

③ 亲舍南迁，按《年谱》，先生于乾隆四十五年庚子移家南还。见前《济南病中杂诗》注。

④ 安肃，县名，宋置，明清皆属直隶保定府。在今河北保定市徐水区。按《年谱》，乾隆四十六年辛丑，先生三十三岁。在京师，秋游西安。是诗途中作也。

荆轲故里

一掷全燕失[①]，悲哉壮士行[②]！盗名[③]原不讳，剑术本难精。市筑怜同伴，沙椎[④]付后生。魂兮归故里，易水尚风声。

润州[⑤]道中

一棹江城路，无穷羁客心。火明渔市远，人语浦烟深。漠漠新丰镇[⑥]，苍苍乌柏[⑦]林。扣舷一长啸，千古几知音？

栖霞[⑧]道中

树色含苍翠，行行过野溪。人家遥隔水，深竹

---

① 全燕失，谓燕太子丹使刺秦王不中，而燕即见灭于秦也。

② 壮士行，太子丹送荆轲至易水上，其友高渐离击筑，荆轲和而歌曰："风萧萧兮易水寒，壮士一去兮不复还！"

③ 盗名，朱子《通鉴纲目》书轲为盗。

④ 沙椎，张良令力士操铁椎狙击秦始皇于博浪沙。博浪沙在今河南原阳县城东关。

⑤ 润州，即今江苏镇江市润州区。

⑥ 新丰镇，即今江苏镇江市丹徒区东南辛丰镇。

⑦ 乌柏，或作"乌柏"。

⑧ 栖霞，县名，在今山东栖霞市。

静闻鸡。蔓草荒城迴，斜阳古道迷。云林结遐想，那复问东西。

江上感怀

凄凄远江上，怅望暮云阴。数子升沉感，经年去住心。《鷦鷯》[①]羁客赋，蕙草故山吟[②]。此水东流去，离情几许深？

---

① 鷦鷯，赋名，晋张华作。《晋书·张华传》："（华）初未知名，著《鷦鷯赋》以自寄。……陈留阮籍见之，叹曰：'王佐之才也！'由是声名始著。"按《庄子·逍遥游》"鷦鷯巢于深林，不过一枝"，华赋原本斯语。

② 未详所本。校订者按：唐岑参《至大梁却寄匡城主人》诗："昨夜梦故山，蕙草色已黄。"

卷五　七言律

感旧四章

大道青楼[①]望不遮，年时系马醉流霞[②]。风前带是同心结[③]，杯底人如解语花[④]。下杜[⑤]城边南北路，

① 青楼，柳庄《刘生》诗："大路起青楼。"曹植《美女篇》："青楼临大路。"本指显贵之家。刘邈《万山见采桑人》诗"倡妾不胜愁，结束下青楼"，则指妓馆。按诗意则以指妓馆为是。

② 流霞，李商隐《花下醉》诗："寻芳不觉醉流霞。"按流霞，仙酒名。《抱朴子·祛惑》载项曼都入山学仙，自言仙人迎我升天，以流霞一杯与我饮，辄不饥渴。

③ 同心结，梁武帝《有所思》诗："腰间双绮带，梦为同心结。"

④ 解语花，《开元天宝遗事》载帝与妃子共赏太液池千叶莲，指妃子谓左右曰："争如我解语花？"

⑤ 下杜，城名，即今陕西西安市南杜城。本秦杜县，西汉宣帝迁治东原，更名杜陵县，故以故址为下杜城。《汉书·宣帝纪》载汉宣帝微时，尤乐杜、鄠之间，率常在下杜。

上阑[①]门外去来车。匆匆觉得扬州梦[②]，检点闲愁在鬓华[③]。

唤起窗前尚宿酲[④]，啼鹃催去[⑤]又声声。丹青[⑥]旧誓相如札，禅榻[⑦]经时杜牧情。别后相思空一水，重来回首已三生[⑧]。云阶月地依然在，细逐空香百遍行。

---

① 上阑，疑应作“上兰”。按上兰，观名，在上林苑中，今陕西西安市长安区西。《汉书·元后传》：“校猎上兰。”沈约《登高望春》诗：“置酒过上兰。”

② 扬州梦，杜牧《遣怀》诗：“落魄江湖载酒行，楚腰纤细掌中轻。十年一觉扬州梦，赢得青楼薄幸名。”

③ 鬓华，高适《重阳》诗：“节物惊心两鬓华。”华，发白。

④ 酲，病酒。《诗·小雅·节南山》：“忧心如酲。”

⑤ 啼鹃催去，《本草纲目》：“（杜宇）其鸣若曰不如归去。”杜鹃，一名杜宇。

⑥ 丹青，司马相如《报卓文君书》：“诵子嘉吟，而回予故步。当不令负丹青，感白头也。”按《西京杂记》：“（司马）相如将聘茂陵人女为妾，卓文君作《白头吟》以自绝，相如乃止。”

⑦ 禅榻，杜牧《题禅院》诗：“今日鬓丝禅榻畔，茶烟轻扬落花风。”

⑧ 白居易《赠张处士山人》诗：“世说三生如不谬，共疑巢许是前身。”按《甘泽谣》载李源与圆观为忘言交，自荆江上峡，见妇人锦裆负罂而汲。圆观曰：“是某托身之所。”更后十二年，杭州天竺寺外，与君相见。是夕圆观亡。后十二年，源诣余杭，赴其所约，有牧竖歌《竹枝词》，乃圆观也。歌曰：“三生石上旧精魂，赏月吟风不要论。惭愧情人远相访，此身虽异性长存。”

遮莫临行念我频，竹枝留涴泪痕新[①]。多缘刺史无坚约[②]，岂视萧郎[③]作路人！望里彩云疑冉冉，愁边春水故粼粼。珊瑚百尺珠千斛，难换罗敷[④]未嫁身！

从此音尘各悄然，春山如黛草如烟。泪添吴苑三更雨，恨惹邮亭[⑤]一夜眠。讵有青鸟[⑥]缄别句，聊

① 刘禹锡《潇湘曲》："斑竹枝，斑竹枝，泪痕点点寄相思。"按《博物志》："尧之二女，舜之二妃，曰湘夫人。舜崩，二妃啼，以涕挥竹，竹尽斑。"

② 刺史无坚约，疑指乔知之与其婢窈娘事。按《新唐书·武承嗣传》："乔知之婢窈娘，美且善歌，（承嗣）夺取之，知之作《绿珠篇》以讽，婢得诗恨死。承嗣怒，告酷吏杀之。"

③ 萧郎，《全唐诗话》："（崔）郊寓居汉上，有婢端丽，善音律。既贫，鬻婢于连帅，给钱四十一万，宠眄弥深。郊思慕无已，其婢因寒食来从事家，值郊立于柳阴，马上涟泣，誓若山河。崔生赠以诗……公睹诗，令召崔生，左右莫之测也。及见郊，握手曰：'侯门一入深如海，从此萧郎是路人。便是公作耶？'遂命婢同归。"

④ 罗敷，《陌上桑》："日出东南隅，照我秦氏楼。秦氏有好女，自名为罗敷。罗敷善蚕桑，采桑城南隅。……使君从南来，五马立踟蹰。使君遣吏往，问是谁家姝。……使君谢罗敷，宁可共载不？罗敷前致词：使君一何愚！使君自有妇，罗敷自有夫。……"

⑤ 邮亭，传送文书所止之处，见《汉书注》。意谓旅舍。

⑥ 青鸟，《史记·司马相如列传》："幸有三足乌为之使。"正义："三足乌，青鸟也，主为西王母取食。"《汉武故事》载七月七日，忽有青鸟飞集殿前。东方朔曰："西王母暮必降尊像上，宜洒扫以待之。"有顷，王母至，二青鸟夹侍王母旁。后以为使者之称。

将锦瑟[①]记流年。他时脱便微之[②]过，百转千回只自怜。

杂感

仙佛茫茫两未成，只知独夜不平鸣。风蓬飘尽悲歌气，泥絮沾来薄幸名[③]。十有九人堪白眼[④]，百无一用是书生。莫因诗卷愁成谶，春鸟秋虫自作声。[⑤]

---

① 锦瑟，李商隐《锦瑟》诗："锦瑟无端五十弦，一弦一柱思华年。"

② 微之，元稹字，稹撰《会真记》，说者谓记中张生，即元稹。稹诗中有所谓双文者，即隐指"莺莺"二字。莺莺后适郑生，稹亦别娶，故以借喻。按《四诗本事》，前两章似指妓，后两章又似指婢。未有佐证，无宁盖阙。穿凿附会，所不取也。

③ 泥絮，《苏东坡诗集注》："朱弁《风月堂诗话》：参寥自杭谒坡于彭城。一日，燕郡寮，谓客曰：'参寥虽不与此集，然不可不恼之也。'遣官妓马盼盼持纸笔就求诗，参寥援笔立成，有'禅心已作沾泥絮，不逐春风上下狂'之句。"薄幸名，见上《感旧》第一章注。

④ 白眼，《晋书·阮籍传》："（阮）籍又能为青白眼，见礼俗之士，以白眼对之。"

⑤ 原注："或戒以吟苦非福，谢之而已。"韩愈《送孟东野序》："以鸟鸣春，以雷鸣夏，以虫鸣秋。"

检邵叔宀[①]先生遗札

死别生离各泫然，吞声恻恻已经年。帆开南浦春刚去，舟到西泠月正圆。[②]当日祖筵如梦里，即今展翰又天边。伤心一树梅花发，更有谁移植墓田？[③]

客中闻雁

山明落日水明沙，寂寞秋城感物华。独上高楼惨无语，忽闻孤雁竟思家。和霜欲起千村杵，带月如听绝漠笳。我亦稻粱[④]愁岁暮，年年星鬓[⑤]为伊加。

---

① 邵叔宀，名齐焘，字荀慈，昭文（今江苏常熟市）人，乾隆壬戌进士，官编修。按叔宀卒于乾隆三十三年戊子，为仲则生平第一恩师，见诗集自叙。

② 原注："二语昔年别先生之武林诗，未成而发。后得书示和章。"

③ 原注："庭梅一株，先生尝酌其下，曰：'吾老去，移此植墓田足矣。'竟成语谶。"

④ 稻粱，杜甫《同诸公登慈恩寺塔》诗："君看随阳雁，各有稻粱谋。"又《重过何氏五首》诗"手自移蒲柳，家才足稻粱"，谓果腹之需。

⑤ 星鬓，犹言霜鬓；霜鬓，谓白发。

初春

不分春风解劝餐，只将幽恨上眉端。将归燕子休垂幕，渐老梅花莫倚阑。最怕难醒惟独醉，生憎易中是轻寒。新传多少红笺字，半为昏盹未忍看。

春日楼望[①]

一碧招魂水[②]涨津，远山浓抹雾如尘。忽风忽雨春愁客，乍暖乍寒天病人。芳草远黏孤骑没，绿杨低罩几家贫。天涯飞絮归何处，不到登楼[③]也怆神。

途中遘病颇剧怆然作诗二章

摇曳身随百丈[④]牵，短檠孤照病无眠。去家已

---

① 《考异》:“初稿在九卷《春燕》诗后。”

② 招魂水，陆游《甲子岁十月二十四日夜半梦遇故人于山水间饮酒赋诗既觉仅能记一二乃追补之》诗：“唤起华山梦，招回湘水魂。”

③ 登楼，王粲《登楼赋》:“登兹楼以四望兮，聊假日以销忧。”

④ 百丈，篾缆。

过三千里，堕地今将二十年。[①]事有难言天似海，魂应尽化月如烟。调糜量水[②]人谁在，况值倾囊[③]无一钱！

今日方知慈母忧，天涯涕泪[④]自交流。忽然破涕还成笑[⑤]，岂有生才[⑥]似此休！悟到往来惟一气[⑦]，不妨胡越与同舟[⑧]。抚膺何事堪长叹，曾否名山十载游？

---

① 按《年谱》，乾隆三十二年丁亥，先生十九岁，春游铜官山，秋应江宁乡试，逐至杭州。三十三年戊子，二十岁，夏游徽州。以上所历，去其乡甚迩，不应曰“已过三千里”。三十四年己丑，二十一岁，冬谒湖南按察使王公太岳，客其幕中。或犹可曰“去家三千里”，然“将二十年”，亦不免失实。诗固不必如此执滞，但亦不得不注明耳。

② 调糜量水，范成大《三月十九日夜极冷》诗：“调糜煮药东风老。”《语林》：“王仲祖病，刘真长为称药，荀令则为量水。”

③ 倾囊，杜甫《空囊》诗：“囊空恐羞涩，留得一钱看。”

④ 天涯涕泪，杜甫《野望》诗：“天涯涕泪一身遥。”

⑤ 破涕成笑，刘琨《答卢谌书》“破涕为笑”，犹言转悲为喜。

⑥ 生才，李白《将进酒》诗“天生我材必有用”，即本此意。

⑦ 一气，《庄子·知北游》：“臭腐复化为神奇，神奇复化为臭腐。故曰：‘通天下一气耳。’”注：“通天下万物，皆一气之所陶铸。”

⑧ 胡越，喻疏远。胡在北，越在南，相去极远。《淮南子·俶真训》：“自其异者视之，肝胆胡越。”同舟，喻利害相共。《后汉书·朱穆传》：“共舆而驰，同舟而济。舆倾舟覆，患实共之。”

旧感杂诗[①]四章

风亭月榭记绸缪，梦里听歌醉里愁。牵袂几曾终絮语，掩关[②]从此入离忧。明灯锦幄珊珊[③]骨，细马春山翦翦[④]眸。最忆濒行尚回首，此心如水只东流[⑤]。

而今潘鬓[⑥]渐成丝，记否羊车[⑦]并载时？挟弹何心惊共命[⑧]，抚柯底苦破交枝！[⑨]如馨风柳伤思

---

① 旧感杂诗，上有《感旧》四章，其所咏叹略同。

② 掩关，犹言闭关。颜延之《五君咏·刘参军》诗："刘伶善闭关，怀情灭闻见。"白居易《长安闲居》诗："风竹烟松昼掩关，意中长似在深山。"

③ 珊珊，本佩玉之声。宋玉《神女赋》："动雾縠以徐步兮，拂墀声之珊珊。"此言其丰姿之秀美。

④ 翦翦，锋利。韩偓《寒食夜》诗："恻恻轻寒翦翦风。"校订者按：翦翦，亦作"剪剪"，眼眸闪忽貌。吴伟业《西江月》词："红袖盈盈粉泪，青山剪剪明眸。"

⑤ 李后主《相见欢》词："自是人生长恨水长东。"

⑥ 潘鬓，谓潘岳之鬓毛。潘岳《秋兴赋》序谓三十二而见二毛，盖伤其早凋，故言鬓毛之衰者曰潘鬓。

⑦ 羊车，以羊驾车。

⑧ 共命，谓共命鸟，见佛经。校订者按：佛经所称的雪山神鸟，一身两头，人面禽形，自鸣其名。后世诗文亦常从"共命"二字取义用之。

⑨ 底苦，犹言何苦。交枝，连理枝。两句谓好事之不成也。

曼[①]，别样烟花恼牧之[②]。莫把鹍弦弹《昔昔》[③]，经秋憔悴为相思。

《柘舞》平康[④]旧擅名，独将青眼[⑤]到书生。轻移锦被添晨卧，细酌金卮遣旅情。此日双鱼寄公子，当时一曲怨东平[⑥]。越王祠外花初放，更向何人缓缓行？

非关惜别为怜才，几度红笺手自裁。湖海有心

① 如馨，犹言这般。《世说新语·方正》："桓大司马诣刘尹，卧不起。桓弯弹弹刘枕，丸迸碎床褥间。刘作色而起，曰：'使君如馨地。'"思曼，《南齐书·张绪传》："张绪字思曼。"《南史·张绪传》载武帝植蜀柳，常赏玩咨嗟，曰："此杨柳风流可爱，似张绪当年时。"

② 烟花，喻繁华，亦以喻妓女。牧之，杜牧字。牧少好冶游，故云。

③ 鹍弦，刘孝绰《乌夜啼》："鹍弦且辍弄，鹤操暂停徽。"按嵇康《琴赋》曰"鹍鸡游弦"，李善注云："古相和歌者有《鹍鸡曲》。"昔昔，乐府曲辞《昔昔盐》之省称。隋薛道衡作，内容写女子对出征丈夫的怀念。

④ 柘舞，谓柘枝舞。《琐碎录》："柘枝舞，本北魏拓拔之名，易拓为柘，易拔为枝。"又《乐府杂录》："健舞曲有《柘枝》，软舞曲有《屈柘》。"平康，《开元天宝遗事》："长安有平康坊，妓女所居之地……每年新进士以红笺名纸游谒其中，时人谓此坊为风流薮泽。"

⑤ 青眼，《晋书·阮籍传》载阮籍能为青白眼。嵇康赍酒挟琴造焉，籍大悦，乃见青眼。谓重视。

⑥ 东平，古乐府有《东平刘生歌》。辞曰："东平刘生安东子，树木稀，屋里无人看阿谁？"

随颖士[①]，风情近日逼方回[②]。多时掩幔留香住，依旧窥人有燕来。自古同心[③]终不解，罗浮冢树[④]至今哀！

重九夜偶成

悲秋容易到重阳，节物相催黯自伤。有酒有花翻寂寞，不风不雨倍凄凉。依依水郭人如雁，恋恋寒衣月似霜。差喜衰亲话真切，一灯滋味异他乡。

夜坐书怀

一身万事付阑珊，不信真愁门户难。此地更无

---

① 颖士，《新唐书·萧颖士传》：“有奴事颖士十年，笞楚严惨，或劝其去，答曰：‘非不能，爱其才耳。’”湖海有心，疑用西子从范大夫游五湖事。随颖士，谓“爱其才耳”。

② 方回，《中吴纪闻》载贺铸字方回，有小筑在横塘日，尝作《青玉案》词，其后半阕云：“碧云冉冉衡皋暮，彩笔新题断肠句。试问闲愁知几许？一川烟草，满城风絮，梅子黄时雨。”黄山谷有《寄贺方回》诗云：“解道江南断肠句，只今惟有贺方回。”诗云“风情近日逼方回”，或系指此。

③ 同心，谓同心结。见前《感旧》第一章注三。

④ 罗浮冢树，《龙城录》载隋赵师雄迁罗浮，一日，天寒日暮，憩于松林间酒肆旁舍，见一女人，淡妆素服。师雄与语，但觉芳香袭人，因与扣酒家门。少顷，有一绿衣童来，笑歌戏舞，师雄醉寝。久之，东方已白。起视，乃在大梅花树下。

鸡肋[①]弃，前途凭仗马蹄攒。梦回细雪关城迥，岁尽穷阴海国寒。今夜灯前儿女意，依依犹似慰眠餐。

饮洪稚存[②]斋次韵

绿酒红灯款语深，等闲身世任浮沉。花前幸是相逢好，竹下还寻旧地吟。小草[③]经时成远志，青枫异日损春心[④]。应如此去淮南[⑤]客，旧雨[⑥]抛离

① 鸡肋，曹操攻汉中，不能胜，出令曰："鸡肋。"杨修便自严装，人问之，修曰："夫鸡肋，弃之如可惜，食之无所得，以比汉中，知王欲还也。"见《三国志·魏书·武帝纪》注。

② 洪稚存，名亮吉，阳湖（今江苏常州市）人，乾隆庚戌进士，官编修。为先生第一知友。

③ 小草，远志苗曰小草，见《博物志》。《世说新语·排调》："谢公始有东山之志，后严命屡臻，势不获已，始就桓公司马。于时人有饷桓公药草，中有远志。公取以问谢：'此药又名小草，何一物而有二称？'谢未即答。时郝隆在坐，应声答曰：'此甚易解，处则为远志，出则为小草。'谢甚有愧色。"

④ 春心，《楚辞·招魂》："湛湛江水兮上有枫，目极千里兮伤春心。"杜甫《送贾阁老出汝州》诗："艰难归故里，去住损春心。"

⑤ 淮南，谓汉淮南王刘安，安招致宾客，有贤名，后仙去。按《年谱》，乾隆三十四年己丑，先生二十一岁，冬谒湖南按察使王公太岳，客其幕中。则先生此时将有湖南之行也。

⑥ 旧雨，杜甫《秋述》诗小序："卧病长安旅次，多雨生鱼，青苔及榻，常时车马之客，旧雨来，今雨不来。"后因以为故人之义。旧，吴作"故"。

怨不禁。

嘉禾留别郑七药圃[①]

十日春波短棹停，三年重过草玄亭[②]。风尘我愧无双[③]誉，家世君传有一经[④]。陌路久看人眼白，夜窗今共客灯青。酒醒莫问明朝事，门外骊歌[⑤]不可听。

十四夜京口舟次送别张大[⑥]归扬州

谈经说剑气纵横，画舫银灯黯别情。春水将

---

① 药圃，郑诚斋孙。诚斋名虎文，字炳也，秀水（今浙江嘉兴市）人，乾隆壬戌进士，官至左赞善。按《年谱》，乾隆三十六年辛卯，先生二十三岁，春至秀水，遂游皖。

② 草玄亭，宋濂《题隐居图》诗："何日过桥分半景，傍云同筑草玄亭。"按扬子云草《太玄经》，名其亭曰草玄。

③ 无双，《史记·淮阴侯列传》："至如信者，国士无双。"又《李将军列传》："李广才气，天下无双。"谓独一无二。

④ 一经，《汉书·韦贤传》："谚曰：'遗子黄金满籯，不如一经。'"韦贤及子玄成，俱以明经位至丞相。

⑤ 骊歌，告别之歌。逸《诗》有《骊驹》篇，辞曰："骊驹在门，仆夫具存。骊驹在路，仆夫整驾。"《汉书·儒林传》颜师古注引服虔："客欲去，歌之。"

⑥ 张大，疑即张春帆，名昞，扬州人。见《先友爵里名字考》。

生君速去，此江东下我西行[①]。芜城[②]鹤送三更唳，京口[③]潮添五夜声。后夜相思同皓月，君家偏占二分明[④]。

二道口舟次夜起

覆浦轻云薄似纱，暗潮汩汩荡舟斜。舟虽暂系仍为客，梦为无聊懒到家。五夜惊风眠岸荻，一滩明月走江沙。微躯总被无田累，来往烟波阅岁华。

夜坐述怀呈思复[⑤]

密筱崇兰露气昏，草堂促膝倒深樽。灯前各掩思亲泪，地下偏多知己恩。似水才名难疗渴，投闲芳序易消魂。沧洲散发[⑥]他年事，迟尔清江白石村。

---

① 西行，按《年谱》，乾隆三十六年辛卯，先生游皖，故曰西行。

② 芜城，在今江苏扬州市江都区境，即广陵城。宋竟陵王诞乱后，城邑荒墟，鲍照作《芜城赋》伤之，遂名。

③ 京口，在今江苏镇江市。

④ 二分明，徐凝《忆扬州》诗："天下三分明月夜，二分无赖是扬州。"

⑤ 思复，汪容甫中字。

⑥ 沧洲散发，言归隐。

十六夜宴沈太平座即呈同座诸子[①]

清江月出管弦愁，刺史华筵最上头。一串歌珠圆可拾，几堆香雾漫难收。天涯我辈同欢笑，明日浮云有去留。谁向此时弹别曲，一声《河满》[②]泪先流。

立秋后二日

倦容思秋秋苦悲，薄罗几日卷凉飔。鱼龙故国[③]西风夜，瓜果深闺[④]落月时。老马识途[⑤]添病骨，穷猿投树[⑥]择深枝。伤心略似萋萋[⑦]草，霜霰将来尔

---

① 十六夜，为乾隆三十六年辛卯七月。按《年谱》，是年游皖，客太平知府沈公业富署中。沈，高邮人，乾隆甲戌进士，官至河东盐运使。

② 河满，张祜《宫词》诗："一声《河满子》，双泪落君前。"

③ 鱼龙故国，杜甫《秋兴》诗："鱼龙寂寞秋江冷，故国平居有所思。"

④ 瓜果深闺，《荆楚岁时记》："七夕，妇人结彩缕穿七孔针，或以金银鍮石为针，陈瓜果于庭中以乞巧。"

⑤ 老马识途，《韩非子·说林上》："管仲、隰朋从桓公伐孤竹，春往冬反，迷惑失道。管仲曰：'老马之智可用也。'乃放老马而随之，遂得道。"诗言阅历风尘，已有经验耳。

⑥ 穷猿投树，《世说新语·言语》："李弘度常叹不被遇，殷扬州知其家贫，问：'君能屈志百里不？'李答曰：'《北门》之叹，久已上闻。穷猿奔林，岂暇择木？'遂授剡县。"按弘度，李充字。殷扬州，《晋书·李充传》作"征北将军褚裒"。

⑦ 萋萋，草盛貌。《诗·周南·葛覃》："维叶萋萋。"

未知。

金陵杂感

平淮[1]初涨水如油，钟阜[2]嵯峨倚上游。花月即今犹似梦，江山从古不宜秋。乌啼旧内[3]头全白，客到新亭[4]泪已流。那更平生感华屋，一时长恸过西州[5]。

旅夜

天高野旷肃孤清，落木萧萧旅梦惊。病马依人同失路[6]，冷蝉似我只吞声[7]。荒城月出夜逾悄，小阁

---

① 平淮，谓秦淮河。
② 钟阜，谓钟山。
③ 旧内，谓遗宫。
④ 新亭，在今江苏南京市江宁区南。《晋书·王导传》载渡江诸名士于新亭饮宴，周𫖮叹曰："风景不殊，举目有江河之异。"皆相视流涕。
⑤ 西州，晋羊昙为谢安之甥，少为安所爱重。安镇新城，疾笃还都，闻当舆入西州门，自以东山之志不遂，深自慨失。安薨后，昙辍乐弥年，行不由西州路。尝因大醉，不觉至州门，左右白曰："此西州门。"昙悲感不已，以马策扣扉，咏曹子建诗曰："生存华屋处，零落归山丘。"恸哭而去。见《晋书·谢安传》。
⑥ 失路，喻不得志。《汉书·扬雄传》："当涂者入青云，失路者委沟渠。"
⑦ 吞声，哭泣时不敢出声。鲍照《拟行路难》诗："吞声踯躅不敢言。"

灯残水忽明。一卧沧江时节改，深杯柏叶为谁倾？[①]

金陵别邵大仲游[②]

三千余里五年遥，两地同为断梗飘。纵有逢迎皆气尽[③]，不当离别亦魂销[④]。经过燕市成吴市[⑤]，相送皋桥又板桥[⑥]。愁绝驮铃[⑦]催去急，白门[⑧]烟柳晚萧萧。

别顾文子之繁昌[⑨]

枫林如醉雁成群，小叠行装向夕曛。讵有西

---

① 柏叶，《本草纲目》载柏叶可服食，元旦以之浸酒，辟邪。孟浩然《岁除夜会乐城张少府宅》诗："旧曲梅花唱，新正柏酒传。"诗意伤时节之推移也。

② 邵仲游，名圣艺，昭文（今江苏常熟市）人，监生。

③ 逢迎，王勃《滕王阁诗序》："千里逢迎，高朋满座。"气尽，失意。

④ 魂销，江淹《别赋》："黯然销魂者，惟别而已矣。"

⑤ 成，并。校订者按：燕市，《史记·荆轲列传》："荆轲嗜酒，日与狗屠及高渐离饮于燕市。"吴市，《史记·范雎列传》："伍子胥……鼓腹吹篪，乞食于吴市。"

⑥ 皋桥，在苏州，汉皋伯通居其侧。板桥，在扬州。

⑦ 驮铃，马铃。

⑧ 白门，南朝宋都城建康城正南门宣阳门世称白门。后世以指代金陵。

⑨ 顾文子，名九苞，兴化（今江苏兴化市）人，乾隆辛丑进士。繁昌，清属安徽太平府，在今安徽芜湖市繁昌区。

江[①]能润我，不堪南浦[②]又辞君！分驰晏岁多残客，回首重城只断云。迟尔春来官阁里，梅花消息[③]早相闻。

赠万黍维[④]即送归阳羡二章

谁遣侬人得得来，庾郎[⑤]家世本崔嵬。半生蹭蹬因能达，百样飘零只助才。歌到横汾声尽羽[⑥]，饮从河朔[⑦]气如雷。柳阴净洗连钱[⑧]马，曾踏穷边雪窖回。

---

① 西江，《庄子·外物》："周顾视车辙中，有鲋鱼焉。周问之曰：'鲋鱼来！子何为者邪？'对曰：'我，东海之波臣也。君岂有斗升之水而活我哉？'周曰：'诺。我且南游吴越之王，激西江之水而迎子，可乎？'鲋鱼忿然作色曰：'……吾得斗升之水然活耳，君乃言此，曾不如早索我于枯鱼之肆。'"

② 南浦，江淹《别赋》："送君南浦，伤如之何！"

③ 梅花消息，李白《早春寄王汉阳》诗："闻道春还未相识，走傍寒梅访消息。"

④ 万黍维，名应馨，宜兴（今江苏宜兴市）人。乾隆己酉进士，官广东知县。

⑤ 庾郎，谓庾信。信北周新野（今河南南阳市）人，位望通显，文章典丽，故以相喻。

⑥ 横汾，即山西汾水。声尽羽，羽为五音之末，亦犹变徵凄楚之意也。

⑦ 河朔，谓黄河以北地区。

⑧ 连钱，马名。

语我家山味可夸，燕来新笋雨前茶[①]。瓣香岁展方回[②]墓，画舫春寻小杜[③]家。北郭买田赊志愿，南山射虎旧生涯。他时风雪如相访，阳羡溪光似若耶[④]。

送容甫归里三章

经年梗泛[⑤]判游踪，一笑惊从意外逢。甫见投诗辞柳恽[⑥]，反因堕甑识林宗[⑦]。栖依共作梁间燕，磥砢[⑧]孤生涧底松。毕竟因人[⑨]非了事，谁将云海荡君胸？

---

① 燕来笋，陈鼎《竹谱》："吴下极多此种笋，最早，燕子来时即生。"雨前茶，茶名，谷雨前所采者。

② 方回，宋贺铸字。

③ 小杜，谓杜牧，牧有水榭在荆溪县（今江苏宜兴市）北。

④ 阳羡，在今江苏宜兴市。若耶，溪名，在山阴（今浙江绍兴市）。

⑤ 梗泛，用《战国策·齐策三》土偶与桃梗语意。

⑥ 柳恽，《南史·柳恽传》："恽字文畅，……少工篇什，为诗云：'亭皋木叶下，垄首秋云飞。'琅邪王融见而嗟赏，因书斋壁及所执白团扇。"

⑦ 林宗，郭泰字。范晔以父名泰，改作"郭太"。《后汉书·郭太传》："（孟敏）荷甑堕地，不顾而去。林宗见而问其意，对曰：'甑以破矣，视之何益？'林宗以此异之。"

⑧ 磥，同"磊"。砢，luǒ。磊砢，奇特。《世说新语·言语》："孙云：'其山崔巍以嵯峨，其水沖渫而扬波，其人磊砢而英多。'"

⑨ 因人，《史记·平原君虞卿列传》载毛遂招十九人曰："公等录录，所谓因人成事者也。"

羡君乐事故园新，问字谈经大有人。此日众中推折角[①]，他年殿上待重茵[②]。疗饥[③]字少怜予陋，劝学言温鉴尔真。自忖不材终放弃，江潭瓠落[④]寄吟身。

聚本无端别可惊，寄书寄剑是生平[⑤]。脱囊生赠吴三尺[⑥]，完璧全归赵百城[⑦]。酒尽云山俱黯黯，夜深心烛共明明。前途鸥鸟如相讯，为道忘机是旧盟。[⑧]

---

① 折角，《后汉书·郭太传》：“（太）尝于陈梁间行遇雨，巾一角垫。时人乃故折巾一角，以为林宗巾，其见慕皆如此。”

② 重茵，《后汉书·戴凭传》：“（戴凭）习《京氏易》。……正旦朝贺，百僚毕会，帝令群臣能说经者，更相难诘。义有不通，辄夺其席，以益通者。凭遂重坐五十余席。”茵，席。

③ 疗饥，黄庚《和茅亦山先生杂咏》诗：“煮字元来不疗饥。”

④ 瓠落，《庄子·逍遥游》：“魏王贻我大瓠之种，我树之成而实五石。……剖之以为瓢，则瓠落无所容。”梁简文帝云：“瓠落，犹廓落也。”司马彪云：“瓠，布护也。落，零落也。”按今作荒落之义。

⑤ 原注：“以所携剑赠容甫，容甫亦以书寄余，今归之。”

⑥ “脱囊”句，《史记·吴太伯世家》：“季札之初使，北过徐君，徐君好季札剑，口弗敢言，季札心知之，为使上国，未献。还至徐，徐君已死，于是乃解其宝剑，系之徐君冢树而去。”

⑦ 完璧，用《史记·廉颇蔺相如列传》蔺相如完璧归赵事。百城，谓书。《北史·李谧传》：“丈夫拥书万卷，何假南面百城。”

⑧ 忘机，言与世无争，心无机械。李白《下终南山过斛斯山人宿置酒》诗：“陶然共忘机。”鸥盟，言隐居者与鸥为伴侣。黄庭坚《登快阁》诗：“此心吾与白鸥盟。”

杂感四章

抑情无计总飞扬，忽忽行迷坐若忘。遁拟凿坯[①]因骨傲，吟还带索[②]为愁长。听猿讵止三声泪[③]，绕指真成百炼钢[④]。自傲一呕休示客，恐将冰炭[⑤]置人肠。

岁岁吹箫[⑥]江上城，西园桃梗[⑦]托浮生。马因识路真疲路，蝉到吞声尚有声。长铗[⑧]依人游未已，

---

① 凿坯，坯，又作“坏”。扬雄《解嘲》：“故士或自盛以橐，或凿坏以遁。”应劭注：“鲁君闻颜阖贤，欲以为相，使者往聘，因凿后垣而亡。坏，壁也。”

② 带索，《淮南子·齐俗训》：“贫人则夏被褐带索，含菽饮水，以充肠，以支暑热。”《列子·天瑞》：“（荣启期）鹿裘带索，鼓琴而歌。”

③ 杜甫《秋兴》诗：“听猿实下三声泪。”按乐府《巴东三峡歌》“巴东三峡巫峡长，猿鸣三声泪沾裳”，杜诗本此。

④ 刘琨《重赠卢谌》诗：“何意百炼钢，化为绕指柔。”

⑤ 冰炭，《盐铁论·刺复》：“冰炭不同器，日月不并明。”言不能相容。

⑥ 吹箫，《史记·范雎列传》：“伍子胥……鼓腹吹篪，乞食于吴市。”集解引徐广曰：“（篪）一作箫。”

⑦ 桃梗，《战国策·齐策三》：“今子东国之桃梗也，刻削子以为人。降雨下，淄水至，流子而去，则子漂漂者将何如耳？”

⑧ 长铗，《战国策·齐策四》载冯谖客孟尝君，弹铗歌曰：长铗归来乎！食无鱼。长铗归来乎！出无车。长铗归来乎！无以为家。

短衣射虎[①]气难平。剧怜对酒听歌夜，绝似中年[②]以后情。

鸢肩火色负轮囷[③]，臣壮何曾不若人[④]。文倘有光真怪石[⑤]，足如可析是劳薪[⑥]。但工饮啖犹能活，尚有琴书且未贫。芳草满江[⑦]容我采，此生端合附灵均[⑧]。

似绮年华指一弹[⑨]，世途惟觉醉乡宽。三生难化

---

① 短衣射虎，杜甫《曲江》诗："短衣匹马随李广，看射猛虎终残年。"按《汉书·李广传》："广所居郡闻有虎，常自射之。及居右北平射虎，虎腾伤广，广亦射杀之。"

② 中年，年过四十，谓之中年。《晋书·王羲之传》："谢安尝谓羲之曰：'中年以来，伤于哀乐。'"

③ 鸢肩，谓人之肩上耸似鸢。火色，谓人光华发越见于面。唐岑文本谓马周鸢肩火色，腾上必速，恐不能久。见《新唐书·马周传》。轮囷，屈曲盘戾貌。《汉书·邹阳传》："蟠木根柢，轮囷离奇。"

④ 壮不若人，《左传·僖公三十年》载烛之武曰："臣之壮也，犹不如人。"

⑤ 怪石，《书·禹贡》："岱畎丝、枲、铅、松、怪石。"孔安国传："怪，异。好石似玉者。"

⑥ 劳薪，《晋书·荀勖传》："（勖）尝在帝坐进饭，谓在坐人曰：'此是劳薪所炊。'咸未之信。帝遣问膳夫，乃云：'实用故车脚。'举世伏其明识。"

⑦ 芳草满江，《古诗十九首》："涉江采芙蓉，兰泽多芳草。采之欲遗谁？所思在远道。"

⑧ 灵均，屈原字。

⑨ 弹指，喻时之暂。苏轼《过永乐文长老已卒》诗："一弹指顷去来今。"

心成石[①]，九死空尝胆作丸[②]。出郭病躯愁直视[③]，登高短发[④]愧旁观。升沉不用君平卜[⑤]，已办秋江一钓竿。

即事

野店黄茅宿雨收，夕阳帽影两悠悠。瓦盆酒熟香初透，土壁虫寒语渐休。小草[⑥]于人有同命，远山对我各惊秋。奋飞常恨身无翼[⑦]，何事林乌亦白头？

---

① 三生，见前《感旧》第二章注。心成石，谓心死。

② 九死，《楚辞·离骚》："虽九死其犹未悔。"尝胆，越王勾践卧薪尝胆。以胆为丸，极言其备尝苦辛。或云，本《新唐书·柳公绰传》："子仲郢，字谕蒙。母韩，即皋女也，善训子。故仲郢幼嗜学，尝和熊胆丸，使夜咀咽以助勤。"

③ 直视，谓心有所思，则目光直视。《古诗十九首》："出郭门直视，但见丘与坟。"

④ 短发，杜甫《九日蓝田崔氏庄》诗："羞将短发还吹帽，笑倩旁人为正冠。"

⑤ 君平卜，《高士传》："严遵，字君平，蜀人也。隐居不仕，常卖卜于成都市。"升沉，李白《送友人入蜀》诗："升沉应已定，不必问君平。"

⑥ 小草，《世说新语·排调》："谢公始有东山之志，后严命屡臻，势不获已，始就桓公司马。于时人有饷桓公药草，中有远志。公取以问谢：'此药又名小草，何一物而有二称？'谢未即答。时郝隆在坐，应声答曰：'此甚易解，处则为远志，出则为小草。'谢甚有愧色。"

⑦ 奋飞，《诗·邶风·柏舟》："心之忧矣，如匪浣衣。静言思之，不能奋飞。"身无翼，李商隐《无题》诗："身无彩凤双飞翼。"

夜梦故人

半是离乡半梦乡，西风卷叶雨鸣廊。云将只影穿关塞，月与平生到屋梁①。珍重赠言多未解，斯须携手②亦何妨。觉来枕上无干处，仿佛空帘去路长。

题酒家壁

一杯冻面破阳春③，更洗盈襟万斛尘。入市马周④空骨相，登楼孙楚⑤尚精神。儿童自笑行歌客，

---

① 屋梁，杜甫《梦李白》诗："落月满屋梁，犹疑照颜色。"

② 斯须携手，李陵《与苏武诗》："长当从此别，且复立斯须。"又："携手上河梁，游子暮何之？"

③ 阳春，和暖。句应作"一杯阳春破冻面"，因韵倒句。

④ 马周，白居易《新丰路逢故人》诗："惆怅新丰店，何人识马周？"按《新唐书·马周传》载马周，字宾王，舍新丰，逆旅主人不顾，周命酒一斗八升，悠然独酌，众异之。至长安，舍中郎将常何家。贞观五年诏百官言得失。何，武人，不涉学，周为条二十余事，皆当世所切。太宗怪问何，何曰："家客马周教臣言之。"帝即召与语，大悦，诏直门下省。明年，拜监察御史。岑文本谓所亲曰："然鸢肩火色，腾上必速，恐不能久。"年四十八卒。

⑤ 孙楚，李白《玩月金陵城西孙楚酒楼达曙歌吹日晚乘醉着紫绮裘乌纱巾与酒客数人棹歌秦淮往石头访崔四侍御》诗："朝沽金陵酒，歌吹孙楚楼。"按《晋书·孙楚传》载楚字子荆，太原人。才藻卓绝，爽迈不群。少时谓王济曰："当欲枕石漱流。"误云"漱石枕流"。济曰："流非可枕，石非可漱。"楚曰："所以枕流，欲洗其耳；所以漱石，欲厉其齿。"

徒御兼羞失路人。归觅传家酒炉[①]去，莫教风笛怆西邻[②]。

夜起

诗颠酒渴动逢魔，中夜悲心入寤歌[③]。尺锦才情还割截[④]，死灰[⑤]心事尚消磨。鱼鳞云断天凝黛，蠡壳窗稀月逗梭。深夜烛奴[⑥]相对语，不知流泪是谁多？

---

① 传家酒炉，传家，谓先世相传；炉，应作"垆"。《世说新语·伤逝》载王戎经黄公酒垆下过，谓客曰："吾昔与嵇叔夜、阮嗣宗共酣饮于此垆。竹林之游，亦预其末。自嵇生夭、阮公亡以来，便为时所羁绁。今日视此虽近，邈若山河。"仲则适亦氏黄，故曰"传家"。

② 邻笛，向秀《思旧赋》序："余与嵇康、吕安居止接近，其人并有不羁之才。然嵇志远而疏，吕心旷而放。其后各以事见法。……余逝将西迈，经其旧庐。于时日薄虞渊，寒冰凄然。邻人有吹笛者，发声寥亮，追思曩昔游宴之好，感音而叹，故作赋云。"

③ 寤歌，《诗·卫风·考槃》："独寐寤歌。"

④ 尺锦割截，《南史·江淹传》："（淹）夜梦一人自称张景阳，谓曰：'前以一匹锦相寄，今可见还。'淹探怀中，得数尺与之。此人大恚曰：'那得割截都尽！'……自尔淹文章踬矣。"

⑤ 死灰，《庄子·齐物论》："形固可使如槁木，而心固可使如死灰乎？"

⑥ 烛奴，《开元天宝遗事》："（申王）每夜宫中与诸王贵戚聚宴，以龙檀木雕成烛跋童子，衣以绿衣袍，系之束带，使执画烛，列立于宴席之侧，目为烛奴。"

壬辰除夕[①]

无多骨肉话依依，珍重相看灯烛辉。饮为病游千里减，瘦因吟过万山归。老亲白发欣簪胜[②]，稚子红炉笑作围。屏却百忧成一喜，去年孤泪此时挥。

偶题斋壁

天留隙地位方床，竹作比邻草护墙。四壁更无贫可逐[③]，一身久与病相忘[④]。生疏字愧村翁问，富有书怜市侩藏。渐喜跏趺添定性[⑤]，大千起灭满空光[⑥]。

---

① 按《年谱》，是年冬至颍州、凤阳，十二月归里。是诗，在家度岁作也。

② 欣簪胜，胜，妇人首饰。或云：杜甫《春望》诗"白头搔更短，浑欲不胜簪"，疑出于此。

③ 四壁，《汉书·司马相如传》："家徒四壁立。"逐贫，扬雄有《逐贫赋》，韩愈有《送穷文》。

④ 忘病，语意本《庄子·大宗师》："泉涸，鱼相与处于陆，正呴以湿，相濡以沫，不如相忘于江湖。"钱起《酬刘起居卧病见寄》诗："味道能忘病。"

⑤ 跏趺，佛教之坐法，所谓结跏趺坐是也。定性，阮籍《通易论》："立仁义以定性。"言修养有得。

⑥ 大千，佛经说世界有小千、中千、大千之别。起灭，《圆觉经》："无起无灭，无去无来。"空光，谓佛光。《莲社高贤传》载刘程之于西林涧北别立禅坊，养志安贫，精研玄理，扬搉经义，著念佛三昧诗，于定中见佛光照地，皆作金色。

高淳先大父官广文处也景仁生于此四岁而孤至七岁始归今过斯地不觉怆然[①]

茫如积世渺疑尘，苜蓿[②]荒斋几度新。当日白头犹哭子，而今孤稚渐成人。同骖竹马[③]应无伴，反哺[④]林乌尚有亲。归去恐伤慈母意，莫将风景话酸辛。

过贾秋壑集芳园故址[⑤]

风月平章赐第年，一山楼阁半湖船。若论相

---

① 高淳，即今江苏南京市高淳区。先生祖讳大乐，字韶音，以岁贡生官高淳县学训导。先生以乾隆十四年己巳正月四日，生于高淳学署。父讳之掞，字端衡，县学生。卒于十七年壬申，时先生四岁。

② 苜蓿，《唐摭言》："薛令之……累迁左庶子。时开元东宫官僚清淡，令之以诗自悼，复纪于公署，曰：'朝旭上团团，照见先生盘。盘中何所有，苜蓿长阑干。'"后用以嘲冷官，遂为教官故实。

③ 竹马，儿童游戏，折竹骑以当马。桓温少时，与殷浩共乘竹马。见《晋书·殷浩传》。

④ 反哺，《本草纲目》："慈乌一名孝乌。此鸟初生，母哺六十日，长则反哺六十日。"

⑤ 贾秋壑，即贾似道，宋台州人。理宗时，官左丞相兼枢密使。会元兵攻鄂州，军汉阳，似道纳币请和，诡以鄂州围解表闻。度宗立，似道益专政，同平章军国事，封魏国公。寻元兵迫建康，宋军屡败，陈宜中等劾似道罪，贬之，于途被杀。集芳园故址，在西湖葛岭。

业惭何地，便有仙居借自天。辽海几时归别鹤[①]，洛阳空复怆啼鹃[②]！半闲后乐[③]俱荒址，满路秋虫咽暮烟。

凤山南宋故内[④]

废苑年年长绿芜，小朝廷[⑤]此忍须臾。久将去路[⑥]归沧海，尚可勾人是圣湖[⑦]。家法请成援《越

① 辽鹤，《搜神后记》："丁令威本辽东人，学道于灵虚山，后化鹤归辽，集城门华表柱。时有少年举弓欲射之，鹤乃飞，徘徊空中而言曰：'有鸟有鸟丁令威，去家千年今始归。城郭如故人民非，何不学仙冢累累？'"按此指恭帝之北去而不返。

② 洛阳啼鹃，《邵氏闻见录》载先公治平间与客散步天津桥上，闻杜鹃声，惨然不乐曰："洛阳旧无杜鹃，今始至，有所主。"客曰："何也？"先公曰："不二年，上用南士为相，多引南人，专务变更，天下自此多事矣。天下将乱，地气自南而北，禽鸟得气之先者也。"按此指似道之为相，而宋室以亡。

③ 半闲后乐，园中居室之名。

④ 凤山，在杭州城内。故内，遗宫。

⑤ 小朝廷，谓甘心屈辱为弱小之国。宋胡铨抗疏极言和金之不可，疏末言："不然，臣有赴东海而死尔，宁能处小朝廷求活邪！"见《宋史》本传。

⑥ 去路，言后陆秀夫负帝蹈海。

⑦ 圣湖，西湖旧名明圣湖。白居易《春题湖上》诗："一半勾留是此湖。"

绝》[①]，心传行乐拟《吴趋》[②]。是曾阅得兴亡处，错认江山作霸图。

葛岭暮归

湖岸烟尘过雨清，繁丝促管悄无声。水风萧白鸥群散，山日荒黄我独行。破寺阴阴飘柿叶，晚汀漠漠谢兰英。寻吟自爱幽凉地，反觉悲秋气渐平。

冬日克一过访和赠[③] 三章

每经契阔[④]想生平，四海论交有少卿[⑤]。似我渐成

---

① 请成，成，平，言求罢战争而归于和平。《左传·隐公六年》："往岁郑伯请成于陈，陈侯不许。"越绝，书名，记吴越事。按此句，谓宋室君臣只解求和，如援越王勾践之故例。

② 吴趋，吴歌。夫差败越以后，志得意满，于是勾践生聚教训，乘而灭之。按此句，谓宋室君臣，但知行乐歌舞，以卒如夫差之亡国也。

③ 是诗作于乾隆三十八年癸巳。按《年谱》，是年季冬归里，是诗于归里后作也。克一，名协，氏龚，武进（今江苏常州市）人，居宜兴。乾隆甲午举人，官司务。

④ 契阔，《诗·邶风·击鼓》"死生契阔"，勤苦也。又《后汉书·范冉传》"行路仓卒，非陈契阔之所"，疏阔也。

⑤ 少卿，汉任安字。太史公有《报任少卿书》。此指克一。

心木石[①]，如君犹是气幽并[②]。那愁白璧投[③]无地，多恐黄金铸[④]未精。别后酒狂浑不减，月斜舞影共参横[⑤]。

不愧狂名十载闻，天涯作达[⑥]尽输君。移栽洛下花千种[⑦]，醉倒扬州月二分[⑧]。翻笑古人都寂寂，任他余子自纷纷。樽前各有飞扬意，促节高歌半入云。

知君兴尽欲回舟[⑨]，日暮天寒不可留。百岁去

---

① 心木石，谓无知觉。

② 气幽并，幽州、并州，燕赵之地。韩愈《送董邵南游河北序》"燕赵古称多感慨悲歌之士"是也。

③ 投璧，璧喻美才。《汉书·邹阳传》："明月之珠，夜光之璧，以暗投人于道，众莫不按剑相眄者，何则？无因而至前也。"

④ 铸金，《吴越春秋》："范蠡既去，……越王乃使良工铸金，象范蠡之形，置之坐侧，朝夕论政。"

⑤ 参横，参，星名；横，斜。参横斗转，谓夜已过午。

⑥ 作达，放诞。《世说新语·任诞》："阮浑长成，风气韵度似父，亦欲作达。步兵曰：'仲容已预之，卿不得复尔。'"

⑦ 苏辙《司马君实端明独乐园》诗："公今归去事农圃，亦种洛阳千本花。"按洛阳花，谓牡丹。《洛阳名园记》："独有牡丹数十万本，凡城中赖花以生者毕家于此。至花时，张幙幄，列市肆，管弦其中。城中士女绝烟火游之。""移栽"句暗用此事。

⑧ 见前《十四夜京口舟次送别张大归扬州》注。

⑨ 兴尽回舟，《世说新语·任诞》："王子猷居山阴，夜大雪。眠觉，开室，命酌酒，四望皎然。因起彷徨，咏左思《招隐诗》，忽忆戴安道。时戴在剡，即便夜乘小船就之。经宿方至，造门不前而返。人问其故，王曰：'吾本乘兴而行，兴尽而返，何必见戴！'"

时何鼎鼎[①]，半生行道苦悠悠[②]。青山未买元晖[③]宅，江水能言洗马[④]愁。前路酒徒相问讯[⑤]，故人久已敝貂裘[⑥]。

别稚存[⑦]

莫因失路气如灰，醉尔飘零浊酒杯。此去风尘宜拭目，如今湖海合生才。一身未遇庸非福，半世能狂亦可哀。我剩壮心图五岳，早完婚嫁待君来。[⑧]

---

① 鼎鼎，盛貌。陆游《岁晚书怀》诗："新春鼎鼎来。"

② 悠悠，长久无尽的样子。《诗·唐风·鸨羽》："悠悠苍天。"

③ 元晖，本作"玄晖"，谢朓字。《入蜀记》："(姑熟)溪东南数峰如黛，盖青山也。……山南小市，有谢玄晖故宅基。……环宅皆流泉奇石，青林文筱，真佳处也。"

④ 洗马，卫玠，曾官太子洗马。《世说新语·言语》："卫洗马初欲渡江，形神惨悴，语左右云：'见此芒芒，不觉百端交集！苟未免有情，亦复谁能遣此！'"

⑤ 原注："谓令弟梓树。"按梓树，名怡，字爱督，官布政司经历。

⑥ 貂裘，《战国策·秦策一》载苏秦始将连横说秦王，书十上而说不行，黑貂之裘敝，黄金百斤尽。

⑦ 稚存，见前《饮洪稚存斋次韵》注。

⑧ 东汉向长，字子平，隐居不仕。建武中，男女嫁娶既毕，与北海禽庆游五岳名山，不知所终。

重九后十日醉中次钱企卢韵赠别[①] 四章

摩挲蠹简爇心香[②]，痴绝吾师顾长康[③]。讵拟高飞凌俊鹘，只吟苦调斗寒螿。长松骨节摧和峤[④]，衰柳腰肢瘦沈郎[⑤]。摇落不堪重录别，秋风初束舍人装。

痛饮狂歌负半生，读书击剑两无成。风尘久已轻词客，意气犹堪张酒兵[⑥]。霜满街头狂拓戟[⑦]，月寒

---

① 是诗作于乾隆三十九年甲午。钱企卢，名迈，又名梦云，字霞叔，武进人，贡生。

② 心香，佛家语。谓中心虔诚，如爇香供佛。

③ 顾恺之，字长康，晋无锡人。时称恺之有三绝：才绝、画绝、痴绝。

④ 和峤，《世说新语·赏誉》："庾子嵩目和峤：'森森如千丈松，虽磊砢有节目，施之大厦，有栋梁之用。'"

⑤ 沈郎，《南史·沈约传》载沈约久处端揆，有志台司，而帝不用，与徐勉书陈情，言己老病，"百日数旬，革带常应移孔"。后因有"沈郎腰瘦"之语。

⑥ 酒兵，《南史·陈暄传》："江谘议有言：'酒犹兵也。兵可千日而不用，不可一日而不备。酒可千日而不饮，不可一饮而不醉。'"

⑦ 狂拓戟，疑用东方朔事。朔事汉武帝，诙谐滑稽，以讽谏救帝之失。《汉书·东方朔传》："位不过执戟。"

花底醉调筝[①]。谁能了得吾侪事，莫羡悠悠世上名。

肯容疏放即吾师，花月文章皓首期。那觅酒能千日醉，不愁音少一人知。身名已分同飘瓦[②]，涕泪何曾满漏卮[③]。幸有故人相慰藉，濒行抛得是相思。

无端被酒复沾襟，秋气偏伤壮士心。几见拖肠真有鼠[④]，谁于焦尾更名琴[⑤]？经霜路草难承屐，冒雨篱花不满簪。同记尊前萧瑟意，旧游魂梦好追寻。

---

① 醉调筝，《晋书·桓伊传》："谢安女婿王国宝专利无检行，安恶其为人，每抑制之。及孝武末年，……（国宝）以安功名盛极，而构会之，嫌隙遂成。帝召伊饮宴，安侍坐。帝命伊吹笛，伊神色无迕，即吹为一弄，乃放笛云：'臣于筝分乃不及笛，然自足以韵合歌管，请以筝歌，并请一吹笛人。'……伊便抚筝而歌《怨诗》曰：'为君既不易，为臣良独难。忠信事不显，乃有见疑患。周旦佐文武，《金縢》功不刊。推心辅王政，二叔反流言。'声节慷慨，俯仰可观。安泣下沾衿，乃越席而就之，捋其须曰：'使君于此不凡！'帝甚有愧色。"

② 飘瓦，《庄子·达生》："虽有忮心者，不怨飘瓦。"李商隐《重过圣女祠》诗："一春梦雨常飘瓦，尽日灵风不满旗。"

③ 漏卮，《淮南子·泛论训》："江河不能实漏卮。"

④ 拖肠鼠，王禹偁《谪居感事》诗："兀兀拖肠鼠，悠悠曳尾龟。"

⑤ 焦尾琴，《后汉书·蔡邕传》："吴人有烧桐以爨者，邕闻火烈之声，知其良木，因请而裁为琴，果有美音。而其尾犹焦，故时人名曰'焦尾琴'焉。"

呈袁简斋太史[①]四章

一代才豪仰大贤，天公位置却天然。文章草草皆千古，仕宦匆匆只十年。暂借玉堂[②]留姓氏，便依勾漏[③]作神仙。由来名士如名将，谁似汾阳[④]福命全？

雄谈壮翰振乾坤，唤起文人六代魂。浙水词源钟巨手，秣陵秋色酿名园[⑤]。几人国士曾邀盼，此地苍生尚感恩。[⑥]我喜童时识司马，不须拥彗[⑦]扫公门。

燠室风亭翠霭间，药栏花径互周环。半篙后

---

① 是诗作于乾隆四十年乙未。袁简斋，名枚，字子才，钱塘（今浙江杭州市）人。乾隆己未进士，官江宁知县。

② 玉堂，谓翰林。宋太宗《赐苏易简》诗："翰林承旨贵，清净玉堂中。"

③ 勾漏，山名，在今广西北流市。晋葛洪求为勾漏令，尝修炼于此。

④ 汾阳，郭子仪，玄宗时为朔方节度使，平安史，联回纥，征吐蕃，以一身系天下安危者二十年。累官至太尉、中书令，封汾阳王。年八十余卒。

⑤ 名园，指袁枚之别墅随园，在江宁（今江苏南京市）小仓山。

⑥ 枚曾官江宁知县，故云。

⑦ 拥彗，彗，帚。古人近候尊贵，常拥彗致敬，意谓扫除以待客。《史记·孟子荀卿列传》："（驺子）如燕，昭王拥彗先驱，请列弟子之座而受业。"

主迎凉水[①]，一桁前朝戏马山[②]。似海繁华归彩笔，极天花月养苍颜。谁知泉石皆经济，此意先生讵等闲。

偶逢佳日径开三[③]，丝竹声搀笑语酣。帐后金钗[④]分左右，筵前竹箭尽东南[⑤]。张灯高会星千树，荡桨清歌镜一潭。不与西园冠盖末[⑥]，可知才具本难堪。

将之京师杂别[⑦] 六章

翩与归鸿共北征，登山临水黯愁生。江南草

---

① 原注："园有溪，旧志为南唐纳凉所。"

② 戏马山，未详。疑未必实指。

③ 径开三，即谓"三径"。《晋书·陶潜传》："聊欲弦歌以为三径之资。"按《三辅决录》："蒋诩，字元卿，舍中三径，惟裘仲、羊仲从之游。"

④ 帐后金钗，《后汉书·马融传》："（马融）坐高堂，施绛纱帐，前授生徒，后列女乐。"按随园多女弟子及姬妾，故云。

⑤ 竹箭，《尔雅》："东南之美者，有会稽之竹箭焉。"按此指宾客之盛，王勃《滕王阁序》"宾主尽东南之美"是也。

⑥ 西园，曹植《公宴》诗："清夜游西园，飞盖相追随。"米芾有《西园雅集图记》。冠盖，仕宦之服乘。班固《西都赋》："冠盖如云。"按原注："去秋先生招宴，以病未往。"

⑦ 是诗作于乙未。按《年谱》，是年冬，先生北上。

长莺飞[①]日，游子离邦去里情。五夜壮心悲伏枥[②]，百年左计负躬耕[③]。自嫌诗少幽燕气，故作冰天跃马行。

看人争着祖生鞭[④]，彩笔[⑤]江湖焰黯然。亲在名心留百一，我行客路惯三千。谁从贫女求新锦，肯向朱门理旧弦？吴市箫声燕市筑[⑥]，一般凄断有谁怜？

穷交数子共酸辛，脉脉临歧语未申。割席[⑦]管

---

① 草长莺飞，丘迟《与陈伯之书》："暮春三月，江南草长，杂花生树，群莺乱飞。"

② 伏枥，曹操《步出夏门行》诗："老骥伏枥，志在千里。烈士暮年，壮心不已。"

③ 躬耕，诸葛亮《出师表》："臣本布衣，躬耕于南阳。"谓亲治农事。

④ 祖生鞭，范成大《次韵严子文旅中见赠》诗："有意数从文字饮，何须争着祖生鞭。"按《晋书·刘琨传》："琨少负志气，有纵横之才，……与范阳祖逖为友。闻逖被用，与亲故书曰：'吾枕戈待旦，志枭逆虏，常恐祖生先吾着鞭。'"

⑤ 彩笔，即谓五色笔。《南史·江淹传》："尝宿于冶亭，梦一丈夫自称郭璞，谓淹曰：'吾有笔在卿处多年，可以见还。'淹乃探怀中得五色笔一以授之。"

⑥ 吴箫，见前《杂感》第二章注。燕筑，《史记·刺客列传》："高渐离击筑，荆轲和而歌于市中。"

⑦ 割席，《世说新语·德行》："管宁、华歆……尝同席读书。有乘轩冕过门者，宁读如故，歆废书出看。宁割席分坐，曰：'子非吾友也。'"

宁休罢读，分财[①]鲍叔尚知贫。初心小负栖岩约[②]，后会依然戴笠人[③]。除是白云知此意，几曾情艳软红尘[④]。

说著因人[⑤]意转慵，沙痕到处印泥踪[⑥]。原尝[⑦]好客依都遍，邹季[⑧]论交别更浓。浪许词场夸姓氏，要

① 分财，《史记·管晏列传》："管仲曰：'吾始困时，尝与鲍叔贾，分财利多自与，鲍叔不以我为贪，知我贫也。'"

② 栖岩约，《晋书·孙绰传》载，孙绰少与高阳许询俱有高尚之志，居于会稽，游放山水十余年，作《遂初赋》以致其意。后为散骑常侍领著作郎，谏迁都洛阳，桓温不欲，曰："何不寻君《遂初赋》，知人家国事邪！"

③ 戴笠人，《风土记》："越俗性率朴，初与人交，有礼，封土坛，祭以犬鸡，祝曰：'君乘车，我戴笠，他日相逢下车揖。君担簦，我跨马，他日相逢为君下。'"言交不以贵贱而渝。

④ 情艳，心羡。软红尘，苏轼《次韵蒋颖叔钱穆父从驾景灵宫二首》诗："软红犹恋属车尘。"自注："前辈戏语，有西湖风月，不如东华软红香土。"

⑤ 因人，《史记·平原君虞卿列传》："毛遂左手持槃血而右手招十九人曰：'……公等录录，所谓因人成事者也。'"《古今谭概·迂腐部》："梁伯鸾少孤，尝独止，不与人同食。比舍先炊已，呼伯鸾及热釜炊。伯鸾曰：'童子鸿不因人热者也。'灭灶更燃之。"

⑥ 苏轼《和子由渑池怀旧》诗："人生到处知何似？应似飞鸿踏雪泥。泥上偶然留指爪，鸿飞那复计东西！"

⑦ 原尝，谓平原君、孟尝君，皆食客数千人。

⑧ 邹季，谓邹衍、苏秦。秦字季子。王僧孺《与何炯书》："弟爱同邹季，淫淫承睫。吾犹复抗手分背，羞学妇人。"

将人海荡心胸。不妨面似先生黑，上帝何曾杀黑龙[①]。

身世浑拌醉似泥[②]，酒醒无奈听晨鸡。词人畏说中年[③]近，壮士愁看落日低。才可升沉何用卜[④]，路通南北且休迷。只愁寒食清明候，鬼馁坟头羡马医[⑤]。

载酒扁舟障锦车，风情无际擅年华。牵魂西子湖头月，照泪吴王苑里花。已是旧游如梦境，况经远别更天涯。马头细草茸茸碧，来岁相看可忆家？

太白楼留别史芑庵[⑥]

五年三度客南州[⑦]，强半登临在此楼。若使人生

① 黑龙，原注："事出《墨子》。"校订者按：《墨子·贵义》："且帝以甲乙杀青龙于东方，以丙丁杀赤龙于南方，以庚辛杀白龙于西方，以壬癸杀黑龙于北方。"

② 醉似泥，泥，虫名，得水则活，失水则如泥。杜甫《将赴成都草堂途中有作先寄严郑公五首》诗："先判一饮醉如泥。"

③ 中年，《晋书·王羲之传》："谢安尝谓羲之曰：'中年以来，伤于哀乐，与亲友别，辄作数日恶。'"

④ 升沉，李白《送友人入蜀》诗："升沉应已定，不必问君平。"余详前《杂感》第四章注。

⑤ 马医，古有善视鬼者，清明日偶至北邙，见各家坟前均来祭扫。内有一家，祀品极丰盛，而来享之鬼，皆衣服褴褛、面容枯槁之人，颇以为异。及归而访之，乃马医之子。

⑥ 史芑庵，名凯，阳湖诸生。

⑦ 南州，指皖中太平、庐州、泗州、徽州等地。按先生于乾隆三十六年辛卯游皖，至四十年乙未冬北上，时历五载，往返三次。

无别恨，只除江水不东流。[①]歌残《白纻》[②]辞官阁，吟断青山[③]上客舟。却羡姑溪[④]溪柳色，解将青眼为君留。[⑤]

言怀二章

听雨看云暮复朝，谁于笼鹤[⑥]采丰标。不禁多病聪明减，讵惯长闲意气消。静里风怀元度月[⑦]，愁边心血子胥潮[⑧]。可知战胜[⑨]浑难事，一任浮生付

① 李后主《相见欢》词："自是人生长恨水长东。"

② 白纻，乐府名，吴之舞曲。

③ 青山，在今安徽当涂县东南。

④ 姑溪，在今安徽当涂县。

⑤《岁华纪丽》"柳眼挑金"，盖柳叶初生，细长如眼也。柳色、青眼，双关之辞。

⑥ 笼鹤，《尚书故实》："顾况志尚疏逸，近于方外。有时宰曾招致，将以好官命之。况以诗答曰：'四海如今已太平，相公何用唤狂生。此身还似笼中鹤，东望沧洲叫一声。'"

⑦ 元度月，元度，本作"玄度"，诗人避康熙名讳作"元"。《世说新语·言语》："刘尹云：'清风朗月，辄思玄度。'"按玄度，许询字。

⑧ 子胥潮，《吴越春秋》载子胥伏剑死，吴王弃其躯，投之江中。子胥因随流扬波，依潮来往，荡激崩岸。按子胥，伍员字。

⑨ 战胜，《韩非子·喻老》："子夏见曾子，曾子曰：'何肥也？'对曰：'战胜，故肥也。'曾子曰：'何谓也？'子夏曰：'吾入见先王之义则荣之，出见富贵之乐又荣之，两者战于胸中，未知胜负，故臞。今先王之义胜，故肥。'"

浊醪。

岂意瞢腾[①]便到今，一声钟动思愔愔[②]。蠹鱼枉食神仙字[③]，海鸟空知山水音[④]。千载后谁传好句，十年来总淡名心。何时世网真抛得，只要人间有邓林[⑤]。

绮怀十六章

楚楚腰肢掌上轻[⑥]，得人怜处最分明。千围步幛

---

① 瞢腾，醉。韩偓《格卑》诗："惆怅后尘流落尽，自抛怀抱醉瞢腾。"

② 愔愔，深静貌。韩偓《别绪》诗："别绪静愔愔，牵愁暗入心。"

③ 《本草纲目》："俗传壁鱼入道经中，食神仙字，则身有五色，人得吞之，可致神仙。唐张易之之子，乃多书神仙字，碎翦置瓶中，取鱼投之，冀其蠹食。而不能得，遂致心疾。书此以解俗说之惑。"

④ 海鸟，《庄子·至乐》："昔者海鸟止于鲁郊，鲁侯御而觞之于庙，奏《九韶》以为乐，具太牢以为膳。"罗隐《村桥》诗："莫学鲁人疑海鸟，须知庄叟恶牺牛。"知音，《列子·汤问》："伯牙鼓琴，志在高山。钟子期曰：'善哉！峨峨兮若泰山！'志在流水。钟子期曰：'善哉！洋洋兮若江河！'子期死，伯牙绝弦，以无知音者。"按此喻材大莫用。

⑤ 邓林，《晋书·宋纤传》："丹崖百丈，青壁万寻。奇木蓊郁，蔚若邓林。"按《列子·汤问》："（夸父）欲追日影，逐之于隅谷之际，渴欲得饮，赴饮河渭，河渭不足，将走北饮大泽。未至，道渴而死。弃其杖，尸膏肉所浸，生邓林，邓林弥广数千里焉。"

⑥ 掌上轻，《赵飞燕外传》："飞燕体轻，能为掌上舞。"

难藏艳[①]，百合葳蕤不锁情[②]。朱鸟窗前眉欲语[③]，紫姑乩畔目将成[④]。玉钩初放钗初堕，第一销魂是此声。

妙谙谐谑擅心灵，不用千呼出画屏。敛袖搊成弦杂拉[⑤]，隔窗掺碎鼓丁宁[⑥]。湔裙斗草[⑦]春多事，

---

① 步幛艳，步幛，亦作“步障”。《晋书·王凝之妻谢氏传》：“凝之弟献之尝与宾客谈议，词理将屈，道韫遣婢白献之曰：‘欲为小郎解围。’乃施青绫步障自蔽，申献之前议，客不能屈。”

② 葳蕤锁，韩翃《江南曲》：“春楼不闭葳蕤锁。”按《录异记》：“葳蕤锁，金缕相连，屈伸在人。”

③ 朱鸟，南方星宿名。《礼·曲礼上》：“前朱鸟而后玄武。”朱鸟，谓向南。眉语，李白《上元夫人》诗：“眉语两自笑，忽然随风飘。”谓以眉之舒敛表其情思，如相语言也。

④ 紫姑，神名。儿女子戏迎其神，以问休咎，如扶乩然。《荆楚岁时记》：“正月十五日，……其夕迎紫姑以卜将来蚕桑，并占众事。”按《异苑》：“紫姑，本人家妾，为大妇所逐，正月十五日感激而死。故世人作其形于厕以迎之。”目成，以目通意。《楚辞·九歌·少司命》：“满堂兮美人，忽独与余兮目成。”

⑤ 搊，拨弄乐器。弹筝与琵琶，皆曰搊。杂拉，犹言飒拉，搊弹之声。任华《怀素上人草书歌》诗：“飘风骤雨相击射，速禄飒拉动檐隙。”

⑥ 掺，鼓曲。祢衡作《渔阳三挝》鼓歌词云：“边城晏开渔阳掺。”又按《世说新语·言语》：“祢衡被魏武谪为鼓吏，正月半试鼓，衡扬枹为《渔阳掺挝》。”丁宁，本古乐器，军中用以节鼓，即钲。按此，以应作鼓声解。

⑦ 湔裙，《玉烛宝典》：“元日至晦日，为酺食，士女湔裙渡厄。”李商隐《拟意》诗：“濯锦桃花水，湔裙杜若洲。”斗草，《岁华纪丽》：“端午，结庐蓄药，斗百草，缠五丝。”白居易《观儿戏》诗：“弄尘复斗草，尽日乐嬉嬉。”

六博弹棋[①]夜未停。记得酒阑人散后，共搴珠箔[②]数春星。

旋旋长廊绣石苔，颤提鱼钥[③]记潜来。阑前罽藉乌龙卧[④]，井畔丝牵玉虎回[⑤]。端正容成犹敛照，消沉意可渐凝灰。来从花底春寒峭，可借梨云[⑥]半枕偎。

中表檀奴[⑦]识面初，第三桥畔记新居。流黄看织

---

① 六博，古游戏之事。《史记·苏秦列传》：“六博蹋鞠。”弹棋，汉魏时游戏之事。邯郸淳《艺经》：“弹棋，二人对局，黑白棋各六枚。先列棋相当。下呼，上击之。”蔡邕、魏文帝、丁廙，皆有《弹棋赋》《弹棋经》。按六博弹棋，早经失传，此泛言之耳。

② 珠箔，即珠帘。《汉武故事》：“武帝起神室，以白珠织为箔。”

③ 鱼钥，《芝田录》：“门钥必以鱼，取其不瞑目，守夜之义。”颤，寒栗。提，携。

④ 罽，jì，氍毹之属，织毛为之者。乌龙，狗。《搜神后记》载张然滞役都下经年，家有少妇，与奴通，欲谋杀然。一日，奴倚户拔刀。然大呼狗曰乌龙，狗应声伤奴，奴失刀仆地。狗咋其头，复以妇送官杀之。”李商隐《题二首后重有戏赠任秀才》诗：“羡杀乌龙卧锦茵。”

⑤ 玉虎，李商隐《无题》诗：“金蟾啮锁烧香入，玉虎牵丝汲井回。”按玉虎是井阑之饰，或以施汲器者。此句不过欲与上句属对，无义。

⑥ 梨云，王建《梦梨花》诗：“落落漠漠路不分，梦中唤作梨花云。”

⑦ 檀奴，潘安小字檀奴。李贺《牡丹种曲》诗：“檀郎谢女眠何处。”又《坚瓠集》：“诗词中多用檀郎字，不知所谓。解者曰：檀，喻其香也。”

回肠锦[①]，飞白教临弱腕书[②]。漫托私心缄豆蔻，惯传隐语笑芙蕖。[③]锦江直在青天上，盼断流头尺鲤鱼[④]。

虫娘[⑤]门户旧相望，生小相怜各自伤。书为开频愁脱粉，衣禁多浣更生香。绿珠[⑥]往日酬无价，碧玉[⑦]于今抱有郎。绝忆水晶帘下立，手抛蝉翼[⑧]助新妆。

---

① 流黄锦，古乐府《相逢行》："大妇织绮罗，中妇织流黄。"

② 飞白书，书体之一种。《书断》："王僧虔曰：'飞白，八分之轻者，邕在鸿都门见匠人施垩帚，遂创意焉。'"

③ 李贺《恼公》诗："密书题豆蔻，隐语笑芙蓉。"

④ 鲤鱼，谓书信。蔡邕《饮马长城窟行》："客从远方来，遗我双鲤鱼。呼儿烹鲤鱼，中有尺素书。"

⑤ 虫娘，《新唐书·诸帝公主传》："寿安公主，曹野那姬所生。孕九月而育，帝恶之，诏衣羽人服。代宗以广平王入谒，帝字呼主曰：'虫娘，汝后可与名王在灵州请封。'下嫁苏发。"按此，似与诗意不属，姑录之以待考。校订者按：与宋词人柳永相好的一歌女名叫虫虫，也称虫娘。柳永《木兰花》词："虫娘举措皆温润，每到婆娑偏恃俊。"故诗词中多用"虫娘"指歌伎舞女。陈维崧《绮罗香·初夏连夜于许茹庸仲修席上看诸郎演〈牡丹亭〉有作》："独有江东词客，为家山路远，倍增凄楚。回首朱门，略记虫娘庭户。"

⑥ 绿珠，《晋书·石崇传》载崇有妓曰绿珠，美而艳，善吹笛。孙秀使人求之，崇勃然曰："绿珠吾所爱，不可得也。"秀怒，矫诏收崇，……绿珠自投于楼下而死。

⑦ 碧玉，乐府《碧玉歌》："碧玉破瓜时，相为情颠倒。感郎不羞郎，回身就郎抱。"

⑧ 蝉翼，杜牧《宫词》诗："蝉翼轻绡傅体红。"

小极[①]居然百媚生，懒抛金叶[②]罢调筝。心疑棘刺针[③]穿就，泪似桃花醋[④]酿成。会面生疏稀笑靥，别筵珍重赠歌声。沈郎[⑤]莫叹腰围减，忍见青娥绝塞行[⑥]！

自送云軿别玉容，泥愁如梦未惺忪。仙人北烛[⑦]空凝盼，太岁东方[⑧]已绝踪。检点相思灰一

---

① 小极，疲乏，困倦。《世说新语·言语》："顾司空未知名，诣王丞相。丞相小极，对之疲睡。"

② 金叶，谓金叶莲花。罗虬《比红儿诗》："当时若遇东昏主，金叶莲花是此人。"按《南史·齐本纪下》："（东昏侯）凿金为莲华以帖地，令潘妃行其上，曰：'此步步生莲华也。'"懒抛金叶，谓懒于行步。李商隐《隋宫守岁》诗"昭阳第一倾城客，不踏金莲不肯来"是也。或云"金叶"即指"叶子戏"，意亦可通，录之待考。

③ 棘刺针，《晋书·顾恺之传》："（恺之）善丹青，图写特妙。……尝悦一邻女，挑之弗从，乃图其形于壁，以棘针钉其心，女遂患心痛。恺之因致其情，女从之，遂密去针而愈。"

④ 桃花醋，《晋公遗语》："唐世风俗，贵重葫芦酱、桃花醋、照水油。"

⑤ 沈郎，见前《重九后十日醉中次钱企卢韵赠别》第一章注。

⑥ 绝塞行，用王昭君出塞事。按指美人远嫁。

⑦ 北烛，仙人名。班固《汉武帝内传》："朔曰：'是西王母紫兰室玉女，常传使命，往来扶桑，出入灵州，交关常阳，传言玄都。阿母昔以出配北烛仙人，近又召还，使领命禄，真灵宫也。'"庾信《道士步虚词》："东明九芝盖，北烛五云车。"

⑧ 太岁，岁星。东方，谓东方朔，先生自喻。《列仙传》："东方朔者，……智者疑其岁星精也。"按此为建新臆说，然舍此别无可解。盖美人之既去，而先生亦绝迹矣。或云，古以太岁所在为凶方。

寸[①]，抛离密约锦千重。何须更说蓬山远[②]，一角屏山便不逢！

轻摇络索撼垂罳[③]，珠阁银栊[④]望不疑。栀子[⑤]帘前轻掷处，丁香[⑥]盒底暗携时。偷移鹦母[⑦]情先觉，稳睡猧儿[⑧]事未知。赠到中衣双绢[⑨]后，可能重读《定情诗》[⑩]！

中人兰气[⑪]似微醺，芗泽[⑫]还疑枕上闻。唾点

---

① 李商隐《无题》诗："春心莫共花争发，一寸相思一寸灰。"

② 李商隐《无题》诗："刘郎已恨蓬山远，更隔蓬山一万重。"

③ 络索，未详。疑系流苏之类，应作"落索"。落流、索苏，皆双声之转。张元幹《临江仙》词"荼蘼斗帐罢熏炉，翠穿珠落索，香泛玉流苏"是也。垂罳，鲍照《咏秋》诗："飙我垂罳幕，惊此梁上尘。"按罘罳，屏。郑康成《礼记注》："屏谓之树，今罘罳也。"又《雍录》："罘罳者，镂木为之，其中疏通，可以透明，或为方空，或为连琐，其状扶疏，故曰罘罳。"

④ 栊，《说文》："房室之疏也。"小曰窗，阔远曰栊。

⑤ 栀子，韩翃《送王少府归杭州》诗："栀子同心好赠人。"

⑥ 丁香，李商隐《代赠二首》诗："芭蕉不展丁香结，同向春风各自愁。"按赵彦端《清平乐》词："与我同心栀子，报君百结丁香。"栀子、丁香，皆象征相思情爱之物。

⑦ 鹦母，即鹦鹉。

⑧ 猧儿，犬。疑用唐人昆仑奴传崔生与红绡事。

⑨ 中衣双绢，繁钦《定情诗》："何以结愁悲，白绢双中衣。"

⑩ 定情诗，汉繁钦作。又曹植《种葛篇》："与君初定情，结发恩义深。"

⑪ 兰气，《洞冥记》："帝所幸宫人名丽娟，年十四，玉肤柔软，吹气胜兰。"

⑫ 芗泽，香气。《史记·滑稽列传》："罗襦襟解，微闻芗泽。"

着衣刚半指，齿痕切颈定三分。辛勤青鸟[①]空传语，佻巧鸣鸠浪策勋。[②]为问旧时裙衩上，鸳鸯应是未离群。

容易生儿似阿侯，莫愁真个不知愁。[③]夤缘汤饼筵[④]前见，彷佛龙华会[⑤]里游。解意尚呈银约指[⑥]，含羞频整玉搔头[⑦]。何曾十载湖州别，绿叶成阴[⑧]万事休。

慵梳常是发鬅鬙[⑨]，背立双鬟唤不glish[⑩]。买得我拌

① 青鸟，见前《感旧》第四章注。

② 佻巧鸣鸠，《楚辞·离骚》："雄鸠之鸣逝兮，余犹恶其佻巧。"策勋，纪功。按"青鸟""鸣鸠"两句，谓传书作合之人。

③ 阿侯、莫愁，梁武帝《河中之水歌》："河中之水向东流，洛阳女儿名莫愁。……十五嫁为卢家妇，十六生儿字阿侯。"

④ 夤缘，攀附，谓有所因而进身。汤饼筵，生儿三日会客，名汤饼筵。

⑤ 龙华会，《荆楚岁时记》："四月八日，诸寺各设斋，以五色香汤浴佛，共作龙华会，以为弥勒下生之征也。"

⑥ 银约指，刘筠《前槛十二韵》诗："灭瘢难辨玉，约指不胜银。"

⑦ 玉搔头，簪。《西京杂记》："武帝过李夫人，就取玉簪搔头。自此后宫人搔头皆用玉。"

⑧ 绿叶成阴，《唐诗纪事》："（杜）牧佐宣城幕，游湖州，……得垂髫者十余岁。后十四年，牧刺湖州，其人已嫁生子矣。乃怅而为诗曰：'自是寻春去校迟，不须惆怅怨芳时。狂风落尽深红色，绿叶成阴子满枝。'"

⑨ 鬅鬙，发乱。陆游《戊午元日读书至夜分有感》诗："傍架讨寻书散乱，倚屏吟啸发鬅鬙。"

⑩ 譍，答言。苏轼《九月二十日微雪怀子由弟二首》诗："车马敲门定不譍。"

珠十斛，赚来谁费豆三升！怕歌《团扇》[1]难终曲，但脱青衣[2]便上升。曾作容华[3]宫内侍，人间狙狯恐难胜。[4]

小阁炉烟断水沉[5]，竟床冰簟薄凉侵。灵妃唤月将归海[6]，少女吹风半入林[7]。灺尽兰釭愁的的[8]，滴残虬水[9]思愔愔。文园渴甚兼贫甚，只典征裘不

① 团扇，《晋书·乐志》："《团扇歌》者，中书令王珉与嫂婢有情，爱好甚笃，嫂捶挞婢过苦。婢素善歌，而珉好捉白团扇，故制此歌。"

② 青衣，古以青衣为贱者服，故称婢为青衣。蔡邕有《青衣赋》，是汉已然矣。

③ 容华，汉女官。《史记·外戚世家》："容华，秩比二千石。"

④ 狙狯，狡诈。按此诗所咏，似指一婢，为他人所赚。颇疑此十六章非指一人一事，与前《感旧》四章，当参互求之。

⑤ 断水沉，谓沉香。制时取香木浸水多年，在水而沉，故名。

⑥ 灵妃唤月，温庭筠《晓仙谣》："玉妃唤月归海宫，月色澹白涵春空。"按此句谓夜将阑。

⑦ 少女吹风，《三国志·魏书·管辂传》裴松之注引《辂别传》载清河旱，倪太守问辂雨期。辂言："树上已有少女微风，树间又有阴鸟和鸣。又少男风起，众鸟和翔，其应至矣。"须臾，果大雨。按此句谓天将雨。

⑧ 兰釭，谓用兰膏所燃之灯。王融《咏幔》诗："兰釭当夜明。"的的，古辞《读曲歌》："闺阁断信使，的的两相忆。"

⑨ 虬水，谓漏水。张衡《漏水转浑天仪制》："以铜为器，再叠差置，实以清水，下各开孔，以玉虬吐漏水入两壶。"江总《杂曲》诗"虬水银箭莫相催"是也。

典琴。[1]

生年虚负骨玲珑，万恨俱归晓镜中。君子由来能化鹤[2]，美人何日便成虹[3]。王孙香草[4]年年绿，阿母桃花[5]度度红。闻道碧城[6]阑十二，夜深清倚有谁同！

经秋谁念瘦维摩[7]，酒渴风寒不奈何！《水调》[8]曲从邻院度，雷声[9]车是梦中过。司勋绮

---

① 文园，司马相如曾为文园令。《汉书·司马相如传》："常有消渴病。"又《西京杂记》："司马相如初与卓文君还成都，居贫愁懑，以所着鹔鹴裘就市人阳昌贳酒，与文君为欢。"

② 君子鹤，《抱朴子·释滞》："三军之众，一朝尽化，君子为鹤，小人成沙。"

③ 美人虹，《异苑》："古者有夫妻荒年菜食而死，俱化成青绛。故俗呼美人虹。"

④ 王孙香草，《楚辞·招隐士》："王孙游兮不归，春草生兮萋萋。"

⑤ 阿母桃花，阿母，西王母。李贺《浩歌》诗："王母桃花千遍红。"

⑥ 碧城，李商隐《碧城三首》诗："碧城十二曲阑干。"按《太平御览》："元始（天尊）居紫云之阙，碧霞为城。"

⑦ 维摩，菩萨名。《翻译名义集》："维摩罗诘，秦言净名。"李商隐《酬崔八早梅有赠兼示之作》诗："维摩一室虽多病，亦要天花作道场。"黄庭坚《病起荆江亭即事十首》诗："菩提坊里病维摩。"

⑧ 水调，《明皇杂录》："明皇登花萼楼，置酒，使中人歌《水调》。"杜牧《扬州三首》诗："谁家唱《水调》，明月满扬州。"

⑨ 雷声，李商隐《无题》诗："车走雷声语未通。"

语[①]焚难尽，仆射余情[②]忏较多。从此飘蓬十年后，可能重对旧梨涡[③]。

几回花下坐吹箫[④]，银汉红墙[⑤]入望遥。似此星辰非昨夜[⑥]，为谁风露立中宵？缠绵思尽抽残茧，宛转心伤剥后蕉。三五年时三五月，可怜杯酒不曾消。

露槛星房[⑦]各悄然，江湖秋枕当游仙[⑧]。有情皓月

---

① 司勋，谓杜牧，牧曾为司勋员外郎。李商隐《杜司勋》诗："刻意伤春复伤别，人间惟有杜司勋。"绮语，梁武帝《答菩提树颂手敕》："所言国美，皆非事实，不无绮语过也。"后以文词之涉于闺阁者，谓之绮语。苏轼《次韵僧潜见赠》诗："多生绮语磨不尽，尚有宛转诗人情。"

② 仆射，谓元稹，稹曾拜尚书右仆射。余情，当指其《会真记》而言。详前《感旧》第四章注。

③ 梨涡，颊上酒窝。《鹤林玉露》："胡澹庵十年贬海外，北归之日，饮于湘潭胡氏园，题诗云：'君恩许归此一醉，傍有梨颊生微涡。'谓侍妓黎倩也。厥后朱文公见之，题绝句云：'十年浮海一身轻，归对梨涡却有情。'"

④ 吹箫，《列仙传》："萧史者，秦穆公时人也，善吹箫，能致孔雀白鹤于庭。穆公有女，字弄玉，好之，公遂以女妻焉，……一旦皆随凤凰飞去。"

⑤ 银汉红墙，李商隐《代应》诗："本来银汉是红墙，隔得卢家白玉堂。"

⑥ 星辰昨夜，李商隐《无题》诗："昨夜星辰昨夜风，画楼西畔桂堂东。"

⑦ 露槛，未详所本。校订者按：李东阳《待乔希大久不至再叠一首》："露槛孤眠多旅思，风床对宿有家筵。"星房，罗隐《七夕》诗："月帐星房次第开，两情惟恐曙光催。"

⑧ 游仙枕，《开元天宝遗事》："龟兹国进奉枕一枚，其色如玛瑙，温温如玉，其制作甚朴素。若枕之，则十洲三岛，四海五湖，尽在梦中所见。帝因立名为游仙枕。"

怜孤影，无赖闲花照独眠。结束铅华归少作[①]，屏除丝竹入中年[②]。茫茫来日愁如海，寄语羲和[③]快着鞭！

架头颇多故人枉书未报作此寄意

强半书来有泪痕，不将一语到寒温。久迟作答非忘报，只恐开缄亦断魂。寄意愧无青玉案[④]，封函懒置绿珠盆[⑤]。故人若问秋消息，落叶萧萧自掩门。

发镇阳[⑥]

又趁西风事薄游，冷装依旧拨吴钩[⑦]。凄凉道

---

① 铅华，谓粉黛。曹植《洛神赋》："芳泽无加，铅华弗御。"少作，杨修《答临淄侯笺》："修家子云，老不晓事，强著一书，悔其少作。"

② 丝竹、中年，《世说新语·言语》："谢太傅语王右军曰：'中年伤于哀乐，与亲友别，辄作数日恶。'王曰：'年在桑榆，自然至此，正赖丝竹陶写。恒恐儿辈觉损欣乐之趣。'"按"屏除"句反用其意。

③ 羲和，日御。《楚辞·离骚》："吾令羲和弭节兮。"

④ 青玉案，张衡《四愁诗》："美人赠我锦绣段，何以报之青玉案。"案，古代有短脚的木托盘。

⑤ 绿珠盆，白居易《题喷玉泉》诗："练垂青嶂上，珠泻绿盆中。"

⑥ 镇阳，疑"正阳"之误。按《重九日雨张守先携酒见过》诗原注"近正阳无山"是也。正阳，在安徽寿县寿春镇西南，亦称正阳关，为南北水运之要道。

⑦ 吴钩，《梦溪笔谈》："唐人诗多有言吴钩者。吴钩，刀名也。"

路看人面，浩荡川原信马头。终古远山埋瘦日，半生华发战高秋。眼看如此淮南地，独倚凉天写《四愁》[①]。

新仆

新买孤雏瘠不肥，未来先为制寒衣。桀骜野性驯犹苦，嚅嗫方音听总非。尔辈何求惟一饱，主人无奈亦长饥。怜渠骨肉犹人子，讵忍轻施夏楚[②]威？

二十夜

破窗蕉雨[③]夜还惊，纸帐风来自作声。墨到乡书偏黯淡，灯于客思最分明。薄醪似水愁无敌，短梦生云絮有情。怪煞邻娃恋长夜，坐调弦柱[④]到三更。

---

① 四愁，汉张衡有《四愁诗》。序云："张衡不乐久处机密，阳嘉中出为河间相，……郁郁不得志，为《四愁诗》。"

② 夏楚，二木名。古扑作教刑，以此为之，因名其物为夏楚。《礼·学记》："夏楚二物，收其威也。"

③ 蕉雨，林逋《宿洞霄宫》诗："此夜芭蕉雨，何人枕上闻？"

④ 弦柱，琴瑟之所以系弦者曰柱。李商隐《锦瑟》诗："锦瑟无端五十弦，一弦一柱思华年。"

失题

神清骨冷何由俗，凤泊鸾飘信可哀。何处好山时梦到，一声清磬每惊回。定知前路合长往，疑是此身真再来。闻道玉皇香案[①]下，有人怜我在尘埃。

涡水[②]舟夜

为怜涡水照人清，素舸轻装岁暮行。但见流民满淮北，更无余笑落阳城[③]。月临霜草寒同色，风旋冰花冻作声。如此天寒途更远，扁舟一般若为情。

题济宁[④]驿舍

乌乌冻角戍楼空，只堠双亭叹转蓬。今日倦游过济北，何人长句擅山东[⑤]？欹斜舞影鸡声月，触忤

① 香案，元稹《以州宅夸于乐天》诗："我是玉皇香案吏，谪居犹得住蓬莱。"

② 涡水，在今山西寿阳县南涡山之下，东南流入于淮。

③ 阳城，清属山西泽州府，今属山西晋城市。

④ 济宁，清为直隶州，属山东。

⑤ 长句擅山东，杜甫《苏端薛复筵简薛华醉歌》诗："近来海内为长句，汝与山东李白好。"

愁心马耳风[①]。明发南城驿前路，去程都在雪光中。

哭龚梓树[②]二章

相逢两小意相亲，转眼青山哭故人。到死未消兰气息，他生宜护玉精神。抛残小劫初三月[③]，看尽名花二十春。怪道年时频梦汝，半身霞翠礼群真[④]。

十年旧雨阻燕云，把袂俄惊冥契分。一喘夜窗犹待我，兼程朔雪似因君。[⑤]每忧谢弟[⑥]年难永，不信龚生蕙竟焚[⑦]。回首荆南读书处[⑧]，满山猿鹤吊斜曛。

---

① 马耳风，苏轼《和何长官六言次韵五首》诗："说向市朝公子，何殊马耳东风。"

② 龚梓树，名怡，字爱督，武进人。官布政司经历。

③ 原注："正月初三日卒。"

④ 霞翠，未详，疑修炼家之服饰。校订者按：霞翠，道士所戴金色之冠，唐已见之。唐孟郊《同李益崔放送王炼师还楼观兼为群公先营山居》诗："霞冠遗彩翠，月帔上空虚。"礼群真，即谓顶礼诸仙。

⑤ 原注："时余至都甫十日。"

⑥ 谢弟，谢灵运族弟惠连，十岁能属文，灵运特赏之。年二十七卒。按梓树兄名协，字克一，乾隆甲午举人，官司务。

⑦ 蕙焚，喻品高质美者死亡。《南史·刘峻传》："（冯）敬通虽芝残蕙焚，终填沟壑，而为名贤所慕。其风流郁烈芬芳，久而弥盛。"

⑧ 荆南，山名，在今江苏宜兴市西南二十里。按梓树，武进人，居宜兴，见《先友爵里名字考》。先生十七岁时，曾读书宜兴氿里，见《年谱》。又甲午岁重过氿里有诗，题注："与龚梓树读书处。"

即席分赋得卖花声[①] 二章

何处来行有脚春[②]，一声声唤最圆匀。也经古巷何妨陋，亦上荆钗不厌贫。过早惯惊眠雨客，听多偏是惜花人。绝怜儿女深闺事，轻放犀梳侧耳频。

摘向筠篮露未收，唤来深巷去还留。一堤杏雨寒初减，万枕梨云[③]梦忽流。临镜不妨来更早，惜花无奈听成愁。怜他齿颊生香处，不在枝头在担头。

赠杨荔裳即寄酬令兄蓉裳[④] 四章录一

故人怜我顿尘中，温语频番慰寓公[⑤]。百炼妖

---

① 是诗作于乾隆四十一年丙申。按《年谱》，是年先生二十八岁，在京师，寓日南坊西。

② 有脚春，《开元天宝遗事》：“时人咸谓（宋）璟为‘有脚阳春’，言所至之处，如阳春煦物也。”按此指卖花之人。

③ 梨云，见前《绮怀》第三章注。

④ 杨荔裳，名揆，金匮（今江苏无锡市）人。乾隆庚子召试举人，官至四川布政使，赠太常寺卿。兄蓉裳名芳灿，字才叔，拔贡生，官至灵州知州，改员外郎。

⑤ 寓公，诸侯失国而寄居他国，古称寓公。今凡士大夫之流寓他乡者，皆沿称之。

金[①]空自奋，饱餐痴蠹[②]有何功。名心澹似幽州[③]日，骨相寒禁易水风[④]。拭眼双龙起腾跃[⑤]，未忧吾道竟终穷[⑥]。

丁酉正月四日白寿[⑦]二章

彩笺分擘烛分持，四座交成自寿诗。元子敢夸庚午顺[⑧]，郎中多恐甲辰雌[⑨]。青苍路迥谁先达，

---

① 妖金，犹言不祥之金。《庄子·大宗师》："今大冶铸金，金踊跃曰：'我且必为镆铘。'大冶必以为不祥之金。"

② 痴蠹，蠹即蟫，今谓书虫。傅燮《讨白蟫檄》："嚼字咬文，堪比空读不知用；出经入史，难同乐此不为疲。"似即诗意所本。

③ 幽州，《释名》："幽州，在北幽昧之地也。"

④ 易水风，高渐离送荆轲歌："风萧萧兮易水寒。"

⑤ 腾跃，《晋书·褚陶传》："张华见之，谓陆机曰：'君兄弟龙跃云津。'"

⑥ 道穷，《史记·孔子世家》："西狩见麟曰：'吾道穷矣！'"

⑦ 原注："是日同寿者有温景莱、朱大尊、杨荔裳，共余四人。温舍人汝适为置酒借舫斋中。"按丁酉为乾隆四十二年，先生二十九岁，在京师。温景莱，字里未详。朱大尊，名锡卣，诸生，朱筠之子。杨荔裳，名揆，金匮人。乾隆庚子召试举人，官至四川布政使，赠太常寺卿，蓉裳之弟。温汝适，字步容，号筼坡，顺德人。乾隆甲辰进士，官至兵部侍郎。

⑧ 原注："余生午时。"元子，长子。庚午，《诗·小雅·吉日》："吉日庚午。"

⑨ 甲辰雌，《鸡跖集》："裴晋公有遗以槐瘿者，郎中庾威在坐曰：'此是雌树生者。'公问郎中年甲。对云：'与公同是甲辰。'公笑曰：'郎中便是雌甲辰。'"

草木年深我自悲。作客喜逢贤地主，今宵杯至总难辞。

不礼金仙礼玉晨[①]，人间差觉敝精神。倘来事业惭青鬓，未了名心为老亲。花笑喜逢初番信，酒香偷酿隔年春。相将且尽筵前醉，位置吾侪岂在人。

闻稚存丁母忧[②]二章

故人新废《蓼莪》[③]篇，我亦临风尺涕悬。同作浪游因母养，今知难得是亲年。绛帷昨侍文宣讲[④]，

---

① 原注："《云笈七签》：正月四日朝玉晨君。"按金仙，《法苑珠林》载上古有二金仙，修道石室。岑参《登总持阁》诗："早知清净理，常愿奉金仙。"

② 是诗作于乾隆四十二年丁酉，按《年谱》，是年先生二十九岁，在京师。

③ 蓼莪，《诗》篇名，孝子追念父母也。《晋书·王裒传》载晋王裒读《诗》至此，未尝不三复流涕，门人为废《蓼莪》之篇。

④ 绛帷，《后汉书·马融传》："（马融）坐高堂，施绛纱帐，前授生徒，后列女乐。"文宣，谓孔子，按指朱筠。时筠亦在京，与先生寓甚近。

大被[①]曾随宗少眠。自视生平愧犹子，束刍[②]难致路三千。

为抚孤雏力已殚，与君两小识辛酸[③]。冰霜只合颜常驻[④]，消息惊闻胆竟寒。一日尚存休灭性[⑤]，千秋有业抵承欢[⑥]。阿蒙吴下[⑦]还依旧，他日登堂欲拜难[⑧]。

---

① 大被，《列女传》："江夏孟宗少游学，与同学共处，母为作十二幅被，其邻妇怪问之。母曰：'小儿无异操，惧朋类之不顾，故大其被以招贫生之卧，庶闻君子之言耳。'"

② 束刍，赙赠。郭林宗有母忧，徐稚往吊，置生刍于庐前，取《诗》"生刍一束，其人如玉"之义。见《后汉书·徐稚传》。

③ 先生与稚存，均少孤。

④ 冰霜，谓节母。驻颜，谓留颜色使不老。

⑤ 灭性，《孝经》："毁不灭性。"性即生命。言人遭父母之丧，虽即哀毁，不令至于殒灭性命。

⑥ 千秋业，谓文辞著述。《左传》谓三不朽，三曰立言。承欢，谓承父母之色笑。

⑦ 吴下阿蒙，《三国志·吴书·吕蒙传》裴松之注引《江表传》："后鲁肃上代周瑜，过蒙言议，常欲受屈，肃拊蒙背曰：'吾谓大弟但有武略耳，至于今者学识英博，非复吴下阿蒙。'"

⑧ 《后汉书·范式传》载式字巨卿，游太学，为诸生，与汝南张劭为友。劭字元伯。二人并告归，式谓元伯曰："后二年当还，将过拜尊亲，见孺子焉。"乃共克期日。至其日，巨卿果到，升堂拜饮，尽欢而别。又《三国志·吴书·周瑜传》："策与瑜同年，独相友善。瑜推道南大宅以舍策，升堂拜母，有无通共。"

都门秋思[1]四章

楼观云开倚碧空，上阳[2]日落半城红。新声北里[3]回车远，爽气西山[4]拄笏通。闷倚宫墙拈短笛，闲经坊曲避豪骢。《帝京》欲赋惭才思[5]，自掩萧斋著《恼公》[6]。

---

① 是诗作于乾隆四十三年戊戌，旧编次于丁酉，误。按《年谱》，是年先生三十岁，在京师，受业王述庵（昶）先生门下。陆继辂《春芹录》云："秋帆宫保，初不识君，见《都门秋思》诗，谓值千金，姑先寄五百金，速其西游。好事惜才，亦佳话也。"庄敏案："幼闻先大父言毕宫保得先生此诗，徘徊半夜，商王侍郎合寄三千金。与陆丈所载互异。"

② 上阳，李白《上皇西巡南京歌》诗："花光不减上阳红。"按上阳，谓京师宫观。《新唐书·地理志》："上阳宫在禁苑之东，东接皇城之西南隅。"

③ 北里，《史记·殷本纪》："于是使师涓作新淫声，北里之舞，靡靡之乐。"

④ 西山，《晋书·王徽之传》："为车骑桓冲骑兵参军。……冲尝谓徽之曰：'卿在府日久，比当相料理。'徽之初不酬答，直高视，以手版柱颊云：'西山朝来致有爽气耳。'"

⑤ 汉张衡有《二京赋》，晋左思有《三都赋》，时称名作。

⑥ 萧斋，《国史补》："梁武帝造寺，命萧子云飞白大书萧字。至今一萧字存焉。李约竭产自江南买归东洛，匾于小亭以玩之，号为萧斋。"萧字之义，本系如此。后沿误为萧条之萧。恼公，李贺有《恼公》诗。

四年书剑滞燕京[①]，更值秋来百感并。台上何人延郭隗[②]？市中无处访荆卿[③]。云浮万里伤心色，风送千秋变徵[④]声。我自欲歌歌不得，好寻驺卒[⑤]话生平。

五剧车声隐若雷[⑥]，北邙[⑦]惟见冢千堆。夕阳劝客登楼去，山色将秋绕郭来。寒甚更无修竹倚[⑧]，

① 按先生于乙未冬北上。而是诗旧编以为作于丁酉，则滞京实只三年。诗云“四年”，足证是诗作于戊戌。

② 郭隗，战国燕人。昭王欲得贤士，以报齐仇。隗曰：“王必欲致士，先从隗始。”昭王筑宫师事之。乐毅、邹衍、剧辛等果闻风而至。

③ 荆卿，战国卫人。为燕太子丹刺秦王不中，被害。初与高渐离等饮于燕市，意气纵横，不可一世，燕之处士田光知其非常人也。

④ 徵，zhǐ，五声之一。变徵，徵之变声。《律吕新书》：“五声，宫与商，商与角，徵与羽，相去各一律。至角与徵，羽与宫，相去乃二律。相去一律，则音节和；相去二律，则音节远。故角徵之间，近徵收一声，比徵少下，谓之变徵。”《史记·刺客列传》：“至易水之上，既祖，取道，高渐离击筑，荆轲和而歌，为变徵之声，士皆垂泪涕泣。”

⑤ 驺卒，仆隶贱役之人。《梁书·谢几卿传》：“尝预乐游苑宴，不得醉而还，因诣道边酒垆，停车褰幔，与车前三驺对饮。时观者如堵，几卿处之自若。”

⑥ 五剧，卢照邻《长安古意》诗：“南陌北堂连北里，五剧三条控三市。”雷声，见前《绮怀》第十四章注。

⑦ 北邙，山名，在今河南洛阳市北。后汉王侯公卿，多葬于此。

⑧ 修竹倚，杜甫《佳人》诗：“天寒翠袖薄，日暮倚修竹。”

愁多思买白杨[①]栽。全家都在风声里，九月[②]衣裳未剪裁。

侧身人海叹栖迟[③]，浪说文章擅色丝[④]。倦客马卿谁买赋[⑤]，诸生何武漫称诗[⑥]。一梳霜冷慈亲发，

① 白杨，《古诗十九首》："驱车上东门，遥望郭北墓。白杨何萧萧，松柏夹广路。"又："白杨多悲风，萧萧愁杀人。"按白杨，产北地，往往植之坟墓。高数丈，叶圆而大，柄长，易动摇，虽遇微风，亦萧萧有声。故以为愁苦凄凉之象征。

② 九月，《诗·豳风·七月》："九月授衣。"

③ 栖迟，《诗·陈风·衡门》："衡门之下，可以栖迟。"

④ 色丝，白居易《酬微之》诗："句句妍辞缀色丝。"按《会稽典录》载邯郸淳作《曹娥碑》，其后蔡邕又题八字曰："黄绢幼妇，外孙齑臼。"《世说新语·捷悟》："修曰：'黄绢，色丝也，于字为绝；幼妇，少女也，于字为妙；外孙，女子也，于字为好；齑臼，受辛也，于字为辞。所谓绝妙好辞也。'"

⑤ 马卿买赋，司马相如《长门赋》序："陈皇后时得幸，颇妒，别在长门宫，……奉黄金百斤，为相如、文君取酒，因于解悲愁之辞。而相如为文以悟主上，陈皇后复得亲幸。"

⑥ 何武称诗，《汉书·何武传》："武字君公，蜀郡郫县人也。……益州刺史王襄使辩士王褒颂汉德，作《中和》《乐职》《宣布》诗三篇。武年十四五，与成都杨覆众等共习歌之。是时，宣帝循武帝故事，求通达茂异士，召见武等于宣室。上曰：'此盛德之事，吾何足以当之哉！'以褒为待诏，武等赐帛罢。"按《年谱》，乾隆四十一年丙申，因平定两金川告成阙里，回銮，举行郊劳盛典，跸途经津门，先生献赋抒诚，钦取二等，赐缎二匹。故以何武称诗为喻。又按先生集中有《平定两金川大功告成恭纪》一篇及《平金川铙歌》十章，本书未录。

半甑尘[1]凝病妇炊。为语绕枝乌鹊道，天寒休傍最高枝。

闻郑诚斋先生主讲崇文书院寄呈二首[2]录一

浪游京洛困尘缁[3]，惭愧生平国士[4]知。梁苑邹枚[5]空缀赋，韩门郊岛[6]例穷诗。每多未了嗟生拙，敢以无才说数奇[7]？常共衰亲向南望，手拈香瓣[8]话恩私。

---

① 甑尘，《后汉书·范冉传》："甑中生尘范史云。"

② 郑诚斋，名虎文，字炳也，秀水（今浙江嘉兴市）人。乾隆壬戌进士，官至左赞善。崇文书院，在杭州西湖。

③ 京洛尘缁，陆机《为顾彦先赠妇》诗："京洛多风尘，素衣化为缁。"

④ 国士，《战国策·赵策一》："豫让曰：'臣事范、中行氏，范、中行氏以众人遇臣，臣故众人报之。知伯以国士遇臣，臣故国士报之。'"《史记·淮阴侯列传》："至如信者，国士无双。"

⑤ 邹枚，谓邹阳与枚乘。二人皆梁孝王客，工词赋。

⑥ 郊岛，谓孟郊与贾岛。二人皆以能诗从韩愈游，时称郊寒岛瘦。

⑦ 数奇，奇，jī，运蹇。《史记·李将军列传》："大将军青亦阴受上诫，以为李广老，数奇。"

⑧ 香瓣，禅家语。诸方开堂，至第三瓣香，则云：此瓣香，敬为某人，盖推本其得法所自云。

偶游僧舍见有题恶诗于壁者姓氏与予同戏作

慕蔺何曾效马卿[①]，小冠子夏偶同名[②]。不妨姓氏供人借，只怕诗篇过客评。门户文章双李益[③]，清明寒食此韩翃[④]。生平未赋潇湘景，厕鬼无烦为不平。

送陈理堂[⑤]学博归江南四章录三

一肩行李一吟身，旅食京华计苦辛。草长莺

---

① 《史记·司马相如列传》："（司马相如）慕蔺相如之为人，更名相如。"司马相如字长卿，故简称马卿。

② 《汉书·杜钦传》："钦字子夏，少好经书，家富而目偏盲，故不好为吏。茂陵杜邺与钦同姓字，俱以材能称京师，故衣冠谓钦为'盲杜子夏'以相别。钦恶以疾见诋，乃为小冠，高广财二寸，由是京师更谓钦为'小冠杜子夏'，而邺为'大冠杜子夏'云。"

③ 《新唐书·文艺传》："李益，故宰相揆族子，于诗尤所长。……时又有太子庶子李益同在朝，故世言'文章李益'以辨云。"

④ 《全唐诗话》："制诰阙人，中书两进名，不从，又请之，曰：'与韩翃。'时有同姓名者，为江淮刺史。又具二人同进，御批曰：'春城无处不飞花，寒食东风御柳斜。日暮汉宫传蜡烛，青烟散入五侯家。'又批曰：'与此韩翃。'"按《唐诗纪事》，另一韩翃，"后生共目为恶诗，轻之"。又《南部新书》："送王相之镇，韩翃擅场。"此又一韩翃。故《诗话》曰："又具二人。"

⑤ 陈理堂，名燮，泰州人。嘉庆戊午举人，官泰兴训导。

飞[①]宜径去，石泉槐火[②]又重新。从来易水[③]难为别，除却江南不算春。下水船中天上坐，布帆安稳作归人。

闲坊冷曲共嬉游，漠漠风情似水柔。二月浓春过病里，十年往事满心头。狂来每倚三分酒，别去谁消一丈愁。拔脚软红[④]君竟得，不辞典尽鹔鹴裘[⑤]。

欲换头衔爱冷官[⑥]，如君无意得来难。醉时欲碎珊瑚树[⑦]，醒后仍餐苜蓿盘[⑧]。但去莫嫌经舍窄，就中差觉宦途宽。江山诗酒须行意，好为师儒一

① 草长莺飞，见前《将之京师杂别》第一章注。

② 石泉槐火，僧道潜《饮茶》诗："寒食清明都过了，石泉槐火一时新。"

③ 易水，出河北易县。高渐离送荆卿入秦，歌曰："风萧萧兮易水寒，壮士一去兮不复还！"

④ 软红，见前《将之京师杂别》第三章注。

⑤ 鹔鹴裘，见前《绮怀》第十二章注。

⑥ 冷官，谓教识。杜甫《醉时歌》诗："诸公衮衮登台省，广文先生官独冷。"

⑦ 珊瑚树，《世说新语・汰侈》："石崇与王恺争豪，并穷绮丽，以饰舆服。武帝，恺之甥也，每助恺。尝以一珊瑚树高二尺许赐恺，枝柯扶疏，世罕其比。恺以示崇。崇视讫，以铁如意击之，应手而碎。"

⑧ 苜蓿盘，《诗话总龟》："薛令之，闽之长溪人，尝为右庶子。时开元东宫官僚清冷，令之作诗题于壁曰：'朝日上团团，照见先生盘。盘中何所有，苜蓿长阑干。'"后人遂以为教官之故实。

洗酸[1]。

与稚存话旧[2]二章

如猿嗷夜雁嗥晨，剪烛[3]听君话苦辛。纵使身荣谁共乐，已无亲养不言贫。少年场[4]总删吾辈，独行[5]名终付此人。待觅他时养砂地[6]，不辞暂踏软红尘。

身世无烦计屡更，鸥波浩荡省前盟[7]。君更多故伤怀抱，我近中年惜友生[8]。向底处求千日酒[9]，让他

① 酸，谓寒酸之气。

② 是诗作于乾隆四十四年己亥。按《年谱》，是年夏洪稚存以将应京兆试入都，先生邀与同寓。

③ 剪烛，李商隐《夜雨寄北》诗："何当共剪西窗烛，却话巴山夜雨时。"

④ 少年场，庾信《结客少年场行》诗："结客少年场，春风满路香。"

⑤ 独行，志节高尚，不随俗浮沉之谓。《礼·儒行》："其特立独行有如此者。"《后汉书》有《独行传》。

⑥ 养砂地，谓长养丹砂之地。《晋书·葛洪传》载洪欲炼丹，闻交趾出朱砂石，求为勾漏令。似用此事。

⑦ 鸥盟，黄庭坚《登快阁》诗："万里归船弄长笛，此心吾与白鸥盟。"言隐居者与鸥鸟为伴。

⑧ 友生，朋友。《诗·小雅·伐木》："不求友生。"

⑨ 千日酒，《博物志》："刘玄石于中山酒家酤酒，酒家与千日酒饮之，忘言其节度。归至家，大醉，不醒数日，而家人不知，以为死也，具棺殓葬之。酒家计千日满，乃忆玄石前来酤酒，醉当醒矣。往视之，云玄石亡来三年，已葬。于是开棺，醉始醒。俗云'玄石饮酒，一醉千日'。"

人饱五侯鲭[①]。颠狂落拓休相笑，各任天机[②]遣世情。

元夜独坐偶成[③]

年年今夕兴飞腾，似此凄清得未曾。强作欢颜亲渐觉，偏多醉语仆堪憎。云知放夜开千叠，月为愁心晕一层。窃笑微闻小儿女，阿爷何事不看灯？

言怀和黍维[④]

不与黄金不与闲，我曹无计破天悭。半生骨相惭分芋[⑤]，五载乡心只放鹇[⑥]。好景渐消头上月，片云常

---

① 五侯鲭，《西京杂记》："五侯不相能，宾客不得来往。娄护丰辩，传食五侯间，各得其欢心，竞致奇膳，护乃合以为鲭，世称五侯鲭。"按汉成帝时封舅王谭，平阿侯；商，成都侯；立，红阳侯；根，曲阳侯；逢时，高平侯。五人同日封侯，故世谓之五侯。见《汉书·元后传》。

② 天机，《庄子·大宗师》："其耆欲深者，其天机浅。"

③ 是诗作于乾隆四十五年庚子，都中。元夜，即元宵，正月十五日。旧俗，此夜放灯。

④ 黍维，万应馨字，宜兴人。乾隆己酉进士，官广东知县。

⑤ 分芋，《邺侯外传》："尝于衡麓寺读书，谓懒残经音先凄怆，而后喜悦，必谪堕之人。时将去矣，中夜潜往谒焉。懒残命发火出芋啖之，曰：'勿多言，领取十年宰相。'"

⑥ 放鹇，雍陶《和孙明府怀旧山》诗："秋来见月多归思，自起开笼放白鹇。"

护梦中山。可知来日愁无益，且读《离骚》画掩关。

移家南旋是日报罢[①]

朝来送母上河梁[②]，榜[③]底惊传一字康。咫尺身家分去住，霎时心迹判行藏[④]。岂宜便绝风云[⑤]路，但悔不为田舍郎[⑥]。最是难酬亲苦节，欲笺幽恨叩苍苍。

直沽[⑦]舟次寄怀都下诸友人二章

几年橐笔走神京[⑧]，剩有扁舟载月明。掉首已

---

① 是诗作于乾隆四十五年庚子。按《年谱》，是年先生三十二岁，在京师，秋应顺天乡试，移家南还。

② 河梁，谓送别之地。李陵《与苏武诗》："携手上河梁，游子暮何之？"

③ 榜，谓是年应顺天乡试，榜发，落第。

④ 行藏，出处。《论语·述而》："用之则行，舍之则藏。"

⑤ 风云，喻际遇。《后汉书·朱祐等传论》："咸能感会风云，奋其智勇。"

⑥ 田舍郎，谓田家子。《宋书·武帝纪》载孝武帝称武帝为田舍公，《集异记》载王之涣揶揄高适、王昌龄为田舍奴。

⑦ 直沽，亦称丁沽，在今天津市。

⑧ 橐笔，《汉书·赵充国传》："持橐簪笔。"颜师古注："橐，所以盛书也。……簪笔者，插笔于首。"神京，谓京城。王庭珪《初至行在》诗："几年羁旅望神京。"

拌游万里，怀人犹是坐三更。座中许郭[①]劳声价，市上荆高[②]识姓名。消得向来尘土梦，被他柔橹一声声。

读书击剑[③]两无成，辞赋中年误马卿[④]。欲入山愁无石髓[⑤]，便归舟已后莼羹[⑥]。谙成野性文焉用[⑦]，淡到名心气始平。长谢一沽丁字水[⑧]，送人犹有故人情。

---

① 许郭，谓许劭、郭泰。许劭，后汉平舆人，字子将。少峻名节，好核论乡党人物，每月辄更其品题，故汝南俗有“月旦评”。郭泰，后汉界休人，字林宗。善品题海内人士，然不为危言核论，故党锢祸起而泰独免。

② 荆高，谓荆轲、高渐离。

③ 书剑，《史记·项羽本纪》：“项籍少时，学书不成，去学剑，又不成。”

④ 马卿，谓司马相如。

⑤ 石髓，《仙经》：“神山五百年一开，石髓出，服之长生。”《晋书·嵇康传》：“康又遇王烈，共入山。烈尝得石髓如饴，即自服半，余半与康，皆凝而为石。”

⑥ 莼羹，《晋书·张翰传》：“齐王冏辟为大司马东曹掾。……翰因见秋风起，乃思吴中菰菜、莼羹、鲈鱼脍，曰：‘人生贵得适志，何能羁宦数千里以要名爵乎！’遂命驾而归。”

⑦ 野性，陆游《野性》诗：“野性从来与世疏。”文焉用，《左传·僖公二十四年》：“（介之推）曰：‘言，身之文也。身将隐，焉用文之。’”

⑧ 丁字水，即谓丁沽。大清河入北运河，纵横作丁字形，故名。

舟过杨柳青感旧[①]

此地尚余杨柳青，昔年献赋记曾经。龙舟凤艒[②]云中见，广乐钧天[③]水上听。箧里宫袍[④]犹自艳，梦中彩笔[⑤]竟无灵。阻风中酒情何限，目断孤鸿下晚汀。

德州怀汪剑潭[⑥]

三两初明野戍萤，鼓声催棹向津亭。渐惊齐语

① 《年谱》："（乾隆）四十一年丙申，先生二十八岁，在京师，春赴津门应上东巡召试，取二等，赐缎二匹，充武英殿书签官。"按《学政全书》："乾隆四十一年四月，上因平定两金川告成阙里，回銮，举行郊劳盛典，跸途经津门，直省及各省士子祇迎道左，忭颂抒诚，进献诗赋。"

② 艒，小船。龙舟凤艒，指皇帝及侍从所乘的大大小小的舟船。《隋书·炀帝纪上》："造龙舟、凤艒、黄龙、赤舰、楼船等数万艘。"

③ 广乐钧天，赵简子疾，不知人。既寤，曰："我之帝所甚乐，与百神游于钧天，广乐九奏万舞，不类三代之乐，其声动人心。"见《史记·赵世家》。

④ 宫袍，《新唐书·李白传》："尝乘舟与崔宗之自采石至金陵，着宫锦袍坐舟中，旁若无人。"按指"赐缎"事。

⑤ 彩笔，见前《将之京师杂别》第二章注。

⑥ 德州，清属山东济南府。汪剑潭，名端光，江都人，乾隆辛卯举人，官至镇安知府。

烟中出，尚怯燕歌梦里听。岸柳渐消愁鬓绿，市灯犹照故衫青。前游记有汪伦[①]在，岁暮相依作客星。

思家

客序匆匆换物华，临歧絮语暗咨嗟。门前税急应捐产，江上书归定落花。有限亲朋谁眼底，无多骨肉况天涯。遥怜儿女高楼夜，未解长安正忆家。[②]

过张氏废园有感二章

曲曲青林远远山，荒园寂寞枕溪湾。蘼芜径没饥鼯窜，烟雨楼空旧燕还。珠钿几经樵叟得，荆扉犹有野人关。我来惆怅斜阳里，落得棠梨半树殷[③]。

夹镜红桥碧似油，主人曾舣木兰舟。春光如此溪山改，明月无情箫管愁。雪掾重来怅《鸜鹆》[④]，

---

① 汪伦，李白《赠汪伦》诗："桃花潭水深千尺，不及汪伦送我情。"

② 遥怜、忆家，杜甫《月夜》诗："遥怜小儿女，未解忆长安。"末句反用其意。

③ 殷，yān，赤黑色。

④ 雪掾，未详。校订者按：掾，官署属员的通称。雪掾，白发老掾，似以谢尚自喻。鸜鹆，也作"鸲鹆"，舞名。《晋书·谢尚传》："(司徒王导)辟为掾，袭父爵咸亭侯。始到府通谒，导以其有胜会，谓曰：'闻君能作《鸲鹆舞》，一坐倾想，宁有此理不？'尚曰：'佳。'便着衣帻而舞。导令坐者抚掌击节。"

冬儿何处按《梁州》。[1]故家杨柳依依绿，飞絮飞花几度秋？

寄洪对岩[2]二章录一

南冠[3]学戴竟何心，落日登临怆别深。岳麓[4]天高归雁急，苍梧[5]野尽暮云沉。江山惨淡埋骚客，身世凄凉变楚音。昨梦湘灵[6]烦寄语，此间千载待君吟。

述怀示友人二章录一

自过中年厌此身，劳劳生计为衰亲。早无能事谐流辈，只有伤心胜古人。篱下寒花非笑伴，

---

① 冬儿，未详。校订者按：清尤侗《宫闺小名录》：“冬儿，刘东平歌妓。”吴伟业《临淮老妓行》：“妾是刘家旧主讴，冬儿小字唱《梁州》。”梁州，乐曲名。西凉乐曲，或称为“凉州”。陆游《花时遍游诸家园》诗：“常恐夜寒花索寞，锦茵银烛按《凉州》。”

② 洪对岩，即稚存。

③ 南冠，《左传·成公九年》：“晋侯观于军府，见钟仪，问之曰：‘南冠而絷者谁也？’有司对曰：‘郑人所献楚囚也。’”按先生是诗作于湖南王太岳幕中，故以南冠为喻。

④ 岳麓，谓衡岳之麓。

⑤ 苍梧，山名，在今湖南宁远县南。

⑥ 湘灵，湘水之神。《楚辞·远游》：“使湘灵鼓瑟兮。”

檐前饥雀是嘉[1]宾。街东日日期相访，愁盼风前一绺[2]尘。

① 嘉，刊本阙文，余以意补。
② 绺，liǔ。一绺，犹一丝。

卷六　五七言绝

五言

别意

别无相赠言，沉吟背灯立。半晌不抬头，罗衣泪沾湿。

秋风怨

枯草摇天黄，白杨醉霜紫。骢马嘶不归，秋风葬罗绮。

花前曲二章

巡檐花满地，倚槛香留枝。看花易肠断，攀树最相思。

水流既入海，月缺能重圆。花落树犹在，花前人可怜。

夜与方仲履饮

细酌向明月，含情问柳条。春人俱欲去，直是可怜宵。

江上夜望

推篷失孤鹤，双桨倚兰皋。云净江空处，无人月自高。

新凉曲

闻道边城苦，霏霏八月霜。怜君铁衣冷，不敢爱新凉。

问渡

道逢渔父来，指点停舟处。只在小桥边，风吹着溪树。

稚存归索家书

只有平安字，因君一语传。马头无历日，好记雁来天。

子夜歌[①]二章

思君月正圆，望望月仍缺。多恐再圆时，不是今宵月。

万里流沙[②]远，真愁见面难。闺中无挟弹，那得雁书看！

陌头行二章

妾心化游丝，牵欢古道边。明知牵不住，无奈思缠绵。

妾心化春草，遮欢山水程。明知遮不住，到处

---

① 子夜歌，本乐曲名。《宋书·乐志》："《子夜歌》者，有女子名子夜，造此声。晋孝武太元中，琅邪王轲之家有鬼歌《子夜》。殷允为豫章时，豫章侨人庾僧虔家亦有鬼歌《子夜》。殷允为豫章，亦是太元中，则子夜是此时以前人也。"

② 流沙，沙漠之古称。《楚辞·招魂》："流沙千里。"

得逢迎。

冬夜

空堂夜深冷，欲扫庭中霜。扫霜难扫月，留取伴明光。

乌栖曲[①]

老乌守巢啼，日暮雏不归。羽翼各自有，知他何处飞！

睡醒

不知明月生，照窗如白晓。霜冷夜衾单，秋池梦空草。

山中

忘山意已超，有我心犹滞。鸟语落檐花，飘来着襟袂。

① 乌栖曲，古乐府有《乌栖曲》。《乐录》："《乌栖曲》者，乌兽二十一曲之一也。"

空馆

寂寞谁家院，凭来客梦家。吟声振高阁，落得瓦松[①]花。

新安[②]滩

一滩复一滩，一滩高十丈。三百六十滩，新安在天上。

杂题郑素亭画册三章录二

月黯沉云多，山深夜泉长。忽断疏钟撞，谁敲石门响？

倦掩窗前卷，闲挥膝上桐[③]。斜阳留几许，雁背不成红。

---

① 瓦松，草之生于屋上者，其形似松，故名。

② 新安，江名。浙江之上游，源出安徽歙县黄山。

③ 桐，谓琴。《后汉书·蔡邕传》：“吴人有烧桐以爨者，邕闻火烈之声，知其良木，因请而裁为琴，果有美音。而其尾犹焦，故时人名曰‘焦尾琴’焉。”

晚行

曳杖入松林，不认前溪路。白云深更深，樵歌在何处？

七言

少年行[①]

男儿作健向沙场，自爱登台不望乡。太白高高天尺五[②]，宝刀明月共辉光。

醉醒

梦里微闻薝蔔[③]香，觉时一枕绿云凉。夜来忘却掩扉卧，落月二峰阴上床。

---

① 少年行，本乐府杂曲歌辞，出于《结客少年场行》。

② 太白，山名，秦岭主峰。位于陕西眉县南部，兼跨太白县、周至县部分地区。其山最高，古谣云："武功太白，去天三百。"尺五言其近。辛氏《三秦记》："城南韦杜，去天尺五。"

③ 薝蔔，花名，即黄兰花。陆龟蒙《奉和袭美初夏游楞伽精舍次韵》诗："薝蔔冠诸香。"

和仇丽亭[①]五章

前年为访天都[②]去，今岁因探禹穴[③]来。来往江潭各如梦，逢君仍在越王台[④]。

鸿爪[⑤]游踪首重回，经年褦襶[⑥]逐尘埃。青山笑客不归去，为报饥寒驱又来。

典衣曾共湖干宿，次第看花不忆家。几度哦君好诗句，先生意独在梅花。[⑦]

---

① 原注："八月从新安归，经武林，与丽亭匆匆话别。十月复从山阴来，丽亭出仲秋见赠诗五章，次韵答之。"按仇丽亭，名养正，榜名永清，号一鸥，仁和（今浙江杭州市）人，乾隆丁酉举人，官桐庐训导。

② 天都，安徽黄山高峰名。《元丰九域志》："浮丘与黄帝游黄山，驻天都峰。"

③ 禹穴，在今浙江绍兴市东南会稽山。《史记·太史公自序》："二十而南游江淮，上会稽，探禹穴。"《水经注》载会稽山上有禹庙。昔大禹东巡，崩于会稽，因葬其地。山东有井，深不见底，即禹穴。

④ 越王台，在今浙江绍兴市种山，相传为春秋时越王勾践登临之处。

⑤ 鸿爪，苏轼《和子由渑池怀旧》诗："人生到处知何似？应似飞鸿踏雪泥。泥上偶然留指爪，鸿飞那复计东西！"

⑥ 褦襶，暑月所戴凉笠，以青缯缀其檐而蔽日者也。程晓《嘲热客》诗："今世褦襶子，触热到人家。"

⑦ 原注："'与君同向梅花宿''乱山堆里梦梅花'，君前后赠句也。"

多君怜我坐诗穷，襆被萧条囊橐空。手指孤云向君说，卷舒久已任秋风。

惜别匆匆悔见迟，楚云千里是相思。遥知此去湘潭柳，一夕清霜似鬓丝。[①]

闻子规啼

声声血泪诉沉冤[②]，啼起巴陵[③]暮雨昏。只解千山唤行客[④]，谁知身是未归魂！

湖上阻风杂诗五章录一

平湖八月浩无津，明月芦花思煞人。纵使洞庭齐化酒，只宜秋醉不宜春。

---

① 原注："时将楚游。"按《年谱》，先生于乾隆三十四年己丑冬，谒湖南按察使王公太岳，客其幕中。湘潭，清属湖南长沙府，地当湘水之曲。

② 诉沉冤，《太平寰宇记》载蜀王杜宇号望帝，立鳖灵为相而淫其妻，遂禅位于鳖灵，帝自亡去，升西山隐焉，化为杜鹃。蜀人悲之，闻鹃鸣，则曰："是我望帝也。"

③ 巴陵，旧县名，其地在今湖南岳阳市。

④ 唤行客，《零陵记》："其音云：'不如归去。'"

别老母[①]

褰帏拜母河梁去，白发愁看泪眼枯。惨惨柴门风雪夜，此时有子不如无。

别内

几回契阔[②]喜生还，人老凄风苦雨间。今夜别君无一语，但看堂上有衰颜。

幼女

汝父年来实匙欢，牵衣故作别离难。此行不是长安客，莫向浮云直北看。[③]

老仆

飘零应识主人心，仗尔锄园守故林。数载相随今舍去，江湖从此断乡音。

---

① 按《年谱》，乾隆三十六年辛卯，先生春至秀水，遂游皖。以下四章，是年作。

② 契阔，《诗·邶风·击鼓》："死生契阔。"

③ 杜甫《小寒食舟中作》诗："云白山青万余里，愁看直北是长安。"

舟中咏怀

桃花[1]新涨碧无垠，梦里渔歌半隔津。自笑出门无远志，五湖三亩是归人。

七夕怀容甫游采石[2]二章

疏梧槭槭漏迟迟，人去庭空独立时。羡尔万峰高处望，半轮凉月下蛾眉。

翘首千秋作赋才，青山迢递水潆洄。夜深倘有横江鹤，好讯山东李白来。

山寺偶题

得得千山引去程，精蓝[3]小住一牵情。十年怀刺侯门下，不及山僧有送迎。

---

① 桃花，谓桃花水。《汉书·沟洫志》："来春桃华水盛，必羡溢，有填淤反壤之害。"杜甫《南征》诗："春岸桃花水，云帆枫树林。"

② 容甫，汪中字，江都人，拔贡生。采石，在今安徽马鞍山市西南，牛渚山下突入江中之矶，谓之采石矶。

③ 蓝，即兰若，僧人所居处。本梵语"阿兰若"之省，其义即空静闲静之处，见《释氏要览》。

安庆[1]客舍

月斜东壁影虚龛，枕簟清秋梦正酣。一样梦醒听络纬[2]，今宵江北昨江南。

归心

归心日夜压征骖，霜雪残年景不堪。多少重山遮不住，淮南行尽又江南。

山馆夜作三章

步虚声寂散群真[3]，夜色平铺不动尘。云影自来还自去，最高山阁未眠人。

城郭人民[4]别想劳，看来身世总秋毫。此时万户应同梦，上有白烟低复高。

---

① 安庆，清为安徽省治，今为安徽省属。

② 络纬，即莎鸡，俗名络丝娘。李白《长相思》诗："络纬秋啼金井阑。"

③ 步虚声，道士诵经之声。《吴苑记》："陈思王游鱼山，闻岩里有诵经声，清远寥亮，因使解音者写之，为神仙之声。道士效之作步虚声。"许浑《记梦》诗："晓入瑶台露气清，天风吹下步虚声。"群真，谓群仙，意指道士。

④ 城郭人民，疑用丁令威化鹤归来，作人言云"有鸟有鸟丁令威，去家千年今始归。城郭如故人民非，何不学仙冢累累"语意。

长夜山窗面面开，江湖前后思悠哉！当窗试与然高烛，要看鱼龙啖影来。

戏题酒家二章

我亦曾裁一幅裈[①]，翻于此处买深樽。出门欲脱青衫典，先道酒痕非泪痕。

前度词人今白头，往来曾阅几人愁。短章已污君家壁，试看碧纱[②]笼得不？

问水亭二章

薄暮高城破镜飞[③]，满湖谁解爱清辉？多情岸上人家火，赚得酒人无数归。

剩有狂奴占寂寥，烟中舟子自相招。放舟今夜谁边宿？只向水香多处摇。

---

① 此用司马相如着犊鼻裈与卓文君当垆贳酒事。

② 碧纱，《唐摭言》载王播少孤贫，尝客扬州木兰院，随僧斋餐。僧厌怠，乃斋罢而后击钟。后二纪，播自重位出镇扬州，以访旧诗“上堂已了各西东，惭愧阇黎饭后钟”之句，已用碧纱笼之矣。播继以绝句曰：“二十年来尘扑面，如今始得碧纱笼。”

③ 破镜飞，谓月上也。

湖上杂感[①]二章

远山如梦雾如痴，湖面风来酒面吹。不见故人闻旧曲，水西楼[②]下立多时。

水寒成阵怯衣单，落拓愁怀遣倍难。薄负才情合憔悴，可怜闲煞好阑干。

冬日过西湖二章

寂寞楼台锁冻云，闲踪惟我最殷勤。西湖与尔坚相约，一过钱塘一访君。

湖上群山对酒尊，无山无我旧吟魂。不须剪纸招魂去，留伴梅花夜月痕。

癸巳除夕偶成[③]二章

千家笑语漏迟迟，忧患潜从物外知。悄立市桥

① 湖谓杭州西湖。《戏题酒家》以下止此，皆在西湖作。按《年谱》，先生于乾隆三十八年癸巳夏至杭州。

② 水西楼，在杭州西湖中。

③ 按《年谱》，先生于乾隆三十八年癸巳季冬归里。是诗当在家作也。

人不识，一星如月看多时。[①]

年年此夕费吟呻，儿女灯前窃笑频。汝辈何知吾自悔，枉抛心力作诗人！

春燕四章

画梁仍在故巢倾，谁遣依人又此行。日暮庭空飞不去，闲花于我旧关情。

谁与高楼伴苦辛，重来非复昔时春。只言世上多关盼[②]，初念何曾薄待人。

王谢乌衣众所夸，托身未肯恋繁华。谁知覆雨翻云恨，转在寻常百姓家[③]！

迢迢故国去来休，莫为无情特地愁。见惯蜃楼[④]浑不讶，我家原在海东头。

---

① 元稹《智度师二首》诗："天津桥上无人识，闲凭栏干望落晖。"冯延巳《鹊踏枝》词："独立小桥风满袖，平林新月人归后。"黄仲则诗应是从这二首诗词中化出。

② 关盼，即关盼盼，唐徐州妓。贞元中，张建封纳为妾，筑燕子楼以居之。建封卒，楼居十五年不嫁。后不食而死。

③ 刘禹锡《乌衣巷》诗："朱雀桥边野草花，乌衣巷口夕阳斜。旧时王谢堂前燕，飞入寻常百姓家。"

④ 蜃楼，《三齐略记》："海上蜃气，时结楼台，名海市。"按此指人世繁华，如蜃楼之空幻耳。

饥乌

哑哑啼乌翅倒垂，托身偏择最高枝。向人不是轻开口，为有区区反哺[①]私。

十六日[②]

无端新恨锁眉头，暗省韶光似水流。自过百花生日[③]日，一分春是一分愁。

秋夜燕张荪圃[④]座三章录二

《白雪》吴儿发曼声[⑤]，华堂九月啭雏莺。众中几点听歌泪，不到歌阑未敢倾。

---

① 反哺，《本草纲目》：“慈乌一名孝乌。此鸟初生，母哺六十日，长则反哺六十日。”

② 是诗作于乾隆四十年乙未春二月。

③ 百花生日，即花朝。唐以二月十五日为花朝，见《提要录》。洛阳风俗，以二月二日为花朝节，见《翰墨记》。东京以二月十二日为花朝，见《诚斋诗话》。

④ 张荪圃，名佩芳，平定州人，乾隆丁丑进士，官寿州知州。

⑤ 白雪，战国时楚国高雅歌曲。宋玉《对楚王问》：“其为《阳阿》《薤露》，国中属而和者数百人；其为《阳春》《白雪》，国中属而和者不过数十人而已。”吴儿，谓吴下少年。曼声，延长其声。

屏围屈膝夜沉沉，缓缓歌还浅浅斟。唤到尊前非侑酒，爱他吴语是乡音。

秋色

丛丛紫翠作秋英，雨过闲阶洗倍明。若比春花争得似？不输秾艳只输情。

午窗偶成三章

只余僮仆劝加餐，那望园官进食单①。门馆昼闲摊饭起，架头随意检书看。

绕篱红遍雁来红②，翘立鸡冠③也自雄。只有断肠花④一种，墙根愁雨复愁风。

乌帽⑤欹斜已恋头，楚天凉思正悠悠。中秋无月重阳雨，孤负人生一度秋。

---

① 园官，掌园圃者之称。杜甫有《园官送菜》诗。食单，录列食品者曰食单。

② 雁来红，一名老少年，一年生草，高二尺余。

③ 鸡冠，一年生草，茎高二三尺，花赤色，如鸡冠，故名。

④ 断肠花，秋海棠之异名。《锦字笺》载旧传昔有女子怀人不至，泪洒地，遂生此花。色如美妇而甚媚，名断肠花。

⑤ 乌帽，隐者之服。《邵氏闻见录》："（康节）始为隐者之服，乌帽绦褐，见卿相不易也。"

马上逢雁

我方北去三千里[①]，尔是南来第几群？来岁北归如有意，深闺书札恐烦君。

赵北口

居然楚尾吴头[②]画，忽向燕南赵北看。尔许离心攀不得，十三桥柳挂萧寒。

病中杂成二章

冻蝇僵壁飞无力，雨鹤栖松翅倒垂。病浅病深吾自验，酒人疏到酒杯时。

寒甚纵无衣可典，贫来犹有饭堪加。贱躯定不干天忌，闲看窗前雾凇花[③]。

---

① 按《年谱》，先生北上在乾隆四十年乙未之冬。

② 楚尾吴头，洪刍《职方乘》："豫章之地，为吴头楚尾。"谓其地居吴之上游，楚之下游，如首尾相衔接。

③ 原注："时木介数日。"按雾凇，本作"霿凇"。曾巩《冬夜即事》诗自注："齐寒甚，夜气如雾，凝于木上，旦起视之如雪，日出飘满阶庭，尤为可爱，齐人谓之霿凇。谚曰：'霿凇重霿凇，穷汉置饭瓮。'以为丰年之兆。"又按，木介，雨雪着于树枝，骤遇寒气而凝为冰。《穀梁传》："雨，木冰。"疏："木冰比木介。"《汉书·五行志》："今之长老名木冰为木介。介者，甲。甲，兵象也。"

丙申[①]除夕三章

阑珊灯火凤城[②]隈，自拥毡炉引冻醅。银箸怕翻商陆[③]火，消残心字不胜灰[④]。

一岁似风吹剑[⑤]上，百忧如影堕灯前。车声已有朝天客，不及嵇康好晏眠。

痛饮呼卢[⑥]病未能，鲜衣炫服态堪憎。今宵未免深闺梦，一间输它退院僧。

偕王秋塍张鹤柴[⑦]访菊法源寺三章录二

懊恼心情薄醉宜，讨秋刚趁晚凉时。今年何事堪相慰，不遣黄花笑后期。

---

① 丙申为乾隆四十一年。按《年谱》，是年，先生在京师。

② 凤城，谓京城。

③ 商陆，草名。《云仙杂记》："裴度除夜叹老，迨晓不寐，炉中商陆火凡数添也。"

④ 心字，古有心字香。此句双关语。

⑤ 吹剑，《庄子·则阳》："吹剑首者，映而已矣。"按此言流光之速。

⑥ 呼卢，《珊瑚钩诗话》："樗蒱起自老子，今谓之呼卢，取纯色而胜之之义。"按博戏也。

⑦ 王秋塍，名复，字敦初，秀水（今浙江嘉兴市）人。官偃师知县。张鹤柴，名彤，乌程（今浙江湖州市）人。乾隆丙午举人，官教习。

身离古寺暮烟中，归怯秋斋似水空。暝色上衣挥不得，夕阳知在那山红？

怀映垣[1]内城

冷雨疏花不共看，萧萧风思满长安。虚堂昨夜秋衾薄，隔一重城各自寒。

送韦书城[2]南归二章

夜灯分作江南梦，看尔风尘竟拂衣。湖上酒徒齐拍手，一天秋与故人归。

来岁銮舆幸吴会[3]，期君献赋排苍旻。可知车骑重归客，即是家徒四壁[4]人。

岁暮怀人二十章录首尾三章

打窗冻雨剪灯风，拥鼻吟残地火红[5]。寥落故人

① 映垣，《先友爵里名字考》："姓氏未详。"

② 韦书城，名佩金，江都人。乾隆戊戌进士，官凌云知县。

③ 吴会，今江苏苏州市城区地。《陔余丛考》："不知西汉时会稽郡治本在吴县。时俗以郡县连称，故云吴会。"

④ 家徒四壁，《汉书·司马相如传》："家徒四壁立。"

⑤ 拥鼻，欧阳修《送琴僧知白》诗："有客拥鼻吟苦寒。"地火，炉火。

谁得似，晓天星影暮天鸿。

故家庭院水般清，手撚花枝一笑成。乍见还惊却回顾，不恒风调太憨生[①]。

乌丝阑格鼠须描，爱我新诗手自抄。莫怪年来抛韵语，此生无分比文箫[②]。

禹城

禹迹茫茫代几更，古堤崩剥势如城。九河[③]故道都磨灭，何似人心总不平！

---

① 太憨生，谓痴态。《全唐诗话》："（炀帝）诏世南草《征辽指挥德音敕》于帝侧，宝儿注视久之。帝曰：'昔传飞燕可掌上舞，今得宝儿，方昭前事。然多憨态，今注目于卿，卿才人，可便嘲之。'世南为绝句曰：'学画鸦黄半未成，垂肩亸袖太憨生。'"

② 文箫，裴铏《传奇》载钟陵西山有游帷观，每至中秋，车马喧阗。太和末，有书生文箫往观，睹一姝甚丽，吟曰："若能相伴陟仙坛，应得文箫驾彩鸾。"生意其神仙，植足不去；姝亦相盼相引，至绝顶。俄有仙童持天判曰："吴彩鸾以私欲泄天机，罚为民妻一纪。"姝乃与生下归钟陵。

③ 九河，古时黄河自孟津而北，分为九道。《书·禹贡》："九河既道。"《尔雅》："徒骇、太史、马颊、覆釜、胡苏、简、絜、钩盘、鬲津。"

出都过芦沟桥[①]

九馗[②]车马暮骎骎，几曲浑河[③]落日阴。来似闲云去流水，此桥原不变人心。

核桃园夜起[④]

梦回小驿一灯红，四面腥吹草木风。身似乱山穷塞长，月明挥泪角声中。

春兴[⑤]

夜来风雨梦难成，是处溪头听卖饧[⑥]。怪底桃花半零落，江村明日是清明。

秦淮

凄凉苔藓掩金钗，无复笙歌动六街。回首南朝

① 按《年谱》，乾隆四十六年辛丑，在京师，秋游西安。是诗作于是年。

② 馗，kuí，九达道。

③ 浑河，永定河的俗称，因其含沙量高得名。

④ 按《年谱》，乾隆四十六年辛丑，先生在京师，秋游西安。是诗途中作也。

⑤ 以下六篇，录自补遗，作年无考。

⑥ 卖饧，饧，饴。《荆楚岁时记》载寒食造饧。

无限恨，杜鹃声里过秦淮。

江行

江花江草故乡情，两岸青山夹镜明。一夜雨丝风片里，轻舟已渡秣陵城。

山塘杂诗二章录一

中酒春宵怯薄罗，酒阑春尽系愁多。年年到此沉沉醉，如此苏州奈若何？

楼夜

凉露滴滴风澌澌，一湖白烟高下飞。市人行尽野人去，月落远山空所思。

正月晦夜大风雨

懒逐湔裙[①]极浦春，阻穷偏作雨连晨。今年大底无花事，第一番风便恼人。

① 湔裙，见前七律《绮怀》第二章注。

图书在版编目（CIP）数据

黄仲则诗 / 朱建新选注；司晓莲校订．—北京：商务印书馆，2022
（学生国学丛书新编 / 王宁主编）
ISBN 978-7-100-20324-1

Ⅰ. ①黄…　Ⅱ. ①朱… ②司…　Ⅲ. ①古典诗歌－诗集－中国－清代　Ⅳ. ① I222.749

中国版本图书馆 CIP 数据核字（2021）第 172356 号

学生国学丛书新编
黄仲则诗
朱建新　选注
司晓莲　校订

商　务　印　书　馆　出　版
（北京王府井大街 36 号　邮政编码 100710）
商　务　印　书　馆　发　行
北京市十月印刷有限公司印刷
ISBN 978 - 7 - 100 - 20324 - 1

2022 年 4 月第 1 版　　　开本 787×1092　1/32
2022 年 4 月北京第 1 次印刷　　印张 8½

定价：49.00 元